AUS
MEINEM LEBEN
UND DENKEN

生命的思索

史懷哲自傳

Albert Schweitzer

史懷哲——著
傅士哲——譯

目次

發行人序

吳清友

一九五〇年代，我出生在台灣西南沿海純樸的小漁村——馬沙溝。

六〇年代初高中時期的我，曾是問題學生，每年寒暑假常因滋事生非而被少年隊警察與學校教官聯合組成的專案小組約談，但也利用高中三年的寒暑假短期靜居於台南關仔嶺、旗山月世界不同的佛寺中，沉浸於寂靜與空靈。那個年代，縱然闖禍不少，行為像魔鬼，曾是家中唯一的壞孩子，曾惹惱父親要與我脫離父子關係，但我卻始終堅信自己的心靈是善良的。

七〇年代成家立業期即以父親一生教誨的「誠」字立為生命與事業的主軸。

八〇年代經營進口貿易，投資證券公司與不動產獲利極佳，自覺瞬間累積的財富與我個人的努力並不對稱，故因而心生不安，心想必是上天要我做些有意義的事情，否則為何我有幸得此厚愛，此外又面臨中年危機，且逢先天性心血管疾病發作，開始嚴謹思索生命與存在，並閱讀哲學與心理學作品，企圖將生命與事業歸零，期待漂泊的靈魂尋覓一處安身立命點。

此段歲月裡，因閱讀而結緣，生命中出現了兩位敬仰的典範——東方的**弘一大師**（1880-1942）與西方的**史懷哲**（1875-1965），同一年代的兩位聖賢在音樂、文學、藝術、教育、宗教皆有極佳成就，享有崇高地位，卻都在三十多歲的青壯年高峰期抉擇開展了為蒼生而活的偉大志業，壯闊的生命風景真令人讚嘆！

其中閱讀史懷哲《文明的哲學》一書（在春之藝廊購買，志文出版社發行，由鄭泰安先生翻譯）的確對我面臨中年危機之後的抉擇產生關鍵的改變，謹摘錄當年書中重要見解之一二與大家分享：

我們欲達到對世界與生命的深刻肯定，必須先立定志願，維繫自己的生命，以及我們影響所及的每一種存在的生命，並引導他們抵達其最高的價值。這種肯定的信念要求我們構想出使個人的、社會的、以及全人類的物質與精神臻於完美化的理想，且因為此類理想的影響而養成穩定的行動、懷著不變的希望。這個信念不容許我們退縮……

在那個年代的社會氛圍，很多台灣新生代（一九四五年二次大戰後出生的人），皆期許自己應承擔更多的社會發展責任，而史懷哲這個嚴肅的議題，深刻影響了我，讓我對生命存在的正當性與積極性更具信心，也為當年的迷惑尋得安適的出口。

一九八九年，當年自知能力有限、資質平庸的我，卻浪漫天真且自不量力地啟動了以人文、藝術、創意、生活為理念的誠品之旅，當時我心中非常清楚，誠品書店的終極關懷是人、是生命、是閱讀，誠品能走向何方或存活多久，我也沒把握，我擁有的只是一份真誠的心及準備好至少賠錢五至八年的小本錢，這是一位面臨中年危機的人，企圖建立一個下半生可努力的生活、生命目標而已，只是心存與人為善，若成功則可與大家分享，若失敗也無怨尤。錢財之於人生，究竟來去皆空，我只是站在好奇地想探索生命這端，其他只能盡人事，聽天由命。

陪誠品走過了二十二個年頭後，驀然回首，百感交集，有坎坷、血淚與溫馨，雖未臻當年的理想，但確信生命在事業之上，心念在能力之上，還算盡心履行當年成立的初衷。

一本書可以改變一個人的一生，我是見證者之一，為了締結更多的閱讀好因緣，我決定進入完全陌生的領域，並啟動了書店之旅的生命功課，而取名「誠品」是代表我們對美好社會的追求與實踐之願望。

生命、時空、因緣皆是非常奇妙的，冥冥之中註定的旅程雖艱辛卻深刻，當思緒陷入一九八九年，這又讓我想起史懷哲優雅從容的身影，居住一個悲天憫人的崇高靈魂，鋪陳出尊重生命的人道主義，並廣為世人推崇，而他的兩本著作《生命的思索》與《文明的哲學》更映照出一個偉大的生命風景，彰顯出人文關懷在人類社會的終極價值，誠品書店懇切希望史懷哲的精神能重新照亮大家的心靈！

照亮新人類的一把火炬

黃達夫

史懷哲是最常被人列為典範的人物之一，他的自傳《生命的思索》是一本對任何人、任何年代都具影響力的好書。史懷哲最為人津津樂道的是他將一生奉獻於服務非洲貧苦人民，他放棄已擁有的學術成就及舒適的生活，在三十歲那年踏入全然陌生的醫學領域，從頭學習，其目的是要為神做工以求獲得救贖（redemption），而去服務貧苦的人。

我第一次讀到史懷哲自傳大概是在十五、六歲（高一、高二）的時候，那是林挺生先生從一九五五年開始所出版的協志工業叢書之一，因深深地被感動，所以重複閱讀了好幾遍。史懷哲身為一位醫師，卻又專長於音樂演奏並專研神學和哲學，對於人性更有獨到的見解。在當時，我並不曉得自己將來也會從事醫學這一行，但這本書卻是在不知不覺中深深地影響我後來的人生。在青少年那段時間，我熱切地找尋我喜歡的事物，包括音樂及文學。後來終於選擇醫療成為我的終身志業，但我對文學及哲學的喜愛並沒有減少，仍然持續不斷地尋索與學習，直到今天。

高三之後，比較忙於學業，漸漸地沒有再接觸史懷哲相關的書籍，直到多年後當我在杜克大學受訓時，偶然間在書局看到兩冊史懷哲撰寫有關巴哈音樂的書，才又再想起史懷哲。藉由閱讀他所寫的書，我對巴哈的音樂也有了更深入的了解。

幾十年後的今天，當吳清友先生打算重新翻譯並出版史懷哲自傳《生命的思索》，而找我寫推薦序時，一邊再度閱讀，一邊回憶往事，這本書大部分的內容還清楚地浮現在我腦海。雖然如此，我還是重新再細讀了一遍史懷哲的自傳以及《文明的哲學》。我發現，史懷哲之所以會成為全世界一般知識份子和許多醫學生的典範，主要有幾個原因：首先，他是一位少年有成的人物，他成長的環境造就他在很年輕時就認識了一些比他年長的智者，從而了解宗教音樂及熟悉管風琴演奏。除了神學之外，他也閱讀了許多哲學書籍，了解了斯賓諾莎、黑格爾、尼采、叔本華、康德……等哲學家的論述。此外，他也邂逅了法國政治人物克里蒙梭，並有機會到華格納的拜魯特（Bayreuth）聽歌劇，在那兒遇到了華格納的夫人科西瑪及兒子齊格菲。因為這些人的影響，他在宗教、音樂、文學及哲學方面都有較一般人更深度的認識，因而對西方文明的演進有很獨到的見解。

再者，由於他生在德、法交界的亞爾薩斯，因此，從小就學會兩種語言，也持續地吸收到兩種不同的文化。這是非常難得的機會，因為懂得兩種語言，使得他能涉獵的典籍增加，又能更深入了解這兩種語言深奧之處。他認為「使用法文，就好像在優雅的公園裡沿著精心照料的小徑散步；使用德文，則像在壯麗的森林裡漫遊」。

而最為人知的是，在他三十歲前，他就經常在思考並尋找機會要幫助社經地位低的貧苦人民以及孤兒。他希望能找到一個途徑，可以不需要使用太多語言，也不需要倚靠別人而能獨立幫助那些被世人遺忘的人。一九〇四年，當他翻閱一本雜誌，讀到由波格納（Alfred Boegner）所寫的文章，述說在剛果北部的加彭省，需要更多人來執行上帝的旨意。他就決定未來要到那個區域服務，醫療則是他選擇來服務當地人民的途徑。在當時，他已擁有神學博士，擔任聖多瑪斯神學院的高級主管，同時又在音樂演出上頗有成就，卻不顧周遭親友的極力反對與指責，毅然決然地放棄當時的光環及舒適的生活，重新做學生學習醫學。他在一九〇五至一二年間完成醫學院的教育，一九一二年結婚，一九一三年遠走非洲剛果的蘭巴雷內建立一家小醫院，開始行醫之旅。

最讓我印象深刻的是，在一九二三年史懷哲四十八歲的時候，他有超乎常人的自許，他說：「我願意做為新文藝復興的先鋒，在人性的黑暗時期，像一把火炬一樣照亮新人類對未來的信念。」為了替人類贖罪，他不顧危險，親身進入非洲叢林的勇氣和毅力，令人敬佩。史懷哲經歷了兩次世界大戰，曾經被關過，也感染過痢疾和日曬症，深受病痛之苦，卻仍然繼續照顧非洲人民。他在非洲奉獻的數十年間，常常面臨飢荒和醫療資源匱乏，因此，他多次離開非洲到各國舉辦演講及演奏會，為醫院募款。

從他所寫的另一本書《文明的哲學》看出，他認為能為自我和世界趨向完美而努力，是人類文明的精神所在和進步的泉源。他認為以倫理為基礎的道德觀與世界觀，確定能影響人類的思想和行為；也就是說，倫理是所有事情的基礎。以華人文化來說，道德觀就是自己的行為規範，而世界觀則是推己及人。這些觀念是否能落實，決定人類社會的走向。

他又認為，尊重生命是讓現代社會文明能持續的基本要素。由此看來，德裔美國宗教家尼布爾（Reinhold Niebuhr）的宗教觀似乎延續了史懷哲的倫理觀、道德觀及世界觀，並給予更合乎現代的詮釋。尼布爾認為我們每個人都有善的一面，所以建立了民主社會；但我們同時也有惡（原罪）的一面，所以我們必須建立民主社會來抗拒惡的那一面，來規範自我、群眾與政府。

他的書裡更要彰顯的觀念是，物質的享受並非文明進步的表現，而是每個人都要時刻記得讓自己的品格和行為更趨完美，來促使社會、政治更趨理想。史懷哲《文明的哲學》裡所倡導的哲學觀確實是我們現代社會要恪遵的基本原則。

據報導，有記者在史懷哲獲得諾貝爾和平獎時問他：「什麼才是有價值、有意義的人生？」他回答：「有工作可做，有對象可愛，有希望可想。」由此可看出他對生命的定義與一般人無異，是他為貫徹信念所投入的心力，使他與眾不同。

（本文作者為和信治癌中心醫院院長）

人道的借鏡

鄭泰安

雖然許多人在年輕時懷有理想和抱負，後來真正能夠實踐的卻不多，做為二十世紀重要人物之一的史懷哲是其中的一個典範。他天生聰穎，有父親和良師指點，當年他求學的史特拉斯堡大學又具有自由的學術風氣，可以說是得天獨厚。但是他能夠成為影響世人的人道實踐者，主要還是來自他後天的努力和堅忍不拔的意志。

史懷哲在二十四歲就獲得哲學博士學位，並且在神學、哲學和音樂方面嶄露頭角，在當時可說是前途無量，但是他選擇追尋他在二十一歲的一個明亮的早晨，從睡夢中醒來時所立下的抱負，那就是「三十歲之前致力於學問和藝術的追求，三十歲之後獻身於直接服務人群」。在他決定遠赴非洲行醫時，師長、友人嘲笑以對，批評他愚蠢、自以為是，是一個「頭腦不清楚的年輕人」，還有人竟然說他是因為愛情不遂才想遠走他鄉。當時支持史懷哲堅持下去的，除了堅強的意志和毅力，就是他悲天憫人的胸懷，他在本書中自述：「我一直無法接受自己過著幸福快樂的生活，卻眼見周遭許多人在悲傷與痛苦中掙扎」。就是這種人道精神的支持讓他能夠排除萬難，開啟他在非洲蘭巴雷內行醫的慈善志業，並且持續到九十歲告別世間，這當中他遭遇了許多挫折，包括染上痢疾多年，還被當做戰俘看待。

史懷哲一生治學嚴謹、好學不倦，不論做什麼都全力以赴，他全神貫注，按部就班，一天工作十六小時，絲毫沒有懈怠。習醫期間，他在應付醫學課程、神學授課、佈道活道及巡迴演奏之餘，還能夠同時從事宗教和音樂書籍（他是巴哈音樂和管風琴的專家）的寫作。

史懷哲是個謙遜、從不自滿的人，他在本書中說：即使到今天，我在大庭廣眾面前依然會感到羞怯與不自在。

然而在非洲行醫的歲月裡，目睹疾病、貧窮、饑荒、殖民剝削和戰爭苦難，他沒有停止思考和閱讀。他在一九二一年出版的《原始森林的邊緣》一書中，沈痛地譴責「白人為了獲取物質利益在非洲犯下的不義、暴力及殘酷罪行……保持沈默與掩蓋事實，使得我們對非洲住民的傷害持續至今，即便現在，准予殖民地的原住民獨立，也只是將剝削者轉換成他們自已的同胞，如此並不能彌補我們的錯誤」。他也指出原始民族的生存正遭受嚴重的威脅，主要肇因於「貿易行為所提供的酒精、白人傳入的疾病」等等，因此他堅決反對把造福殖民地人的行為視為一種恩惠或善行，「它其實應該是一種贖罪」。

當我們想起直到二十一世紀的今天，仍然在非洲和其他開發中地區不時發生的軍事政變、種族屠殺和強權國家為了物質利益所表現的默許態度，以及許多原住民族的酗酒和健康問題時，不禁要懷疑人類的文明究竟是在進步或衰敗？

第一次世界大戰的爆發讓史懷哲想起人類文明的問題，他認為人類文明衰敗崩解，才導致戰爭，而文明的沒落來自精神和倫理的低落。一九一五年九月裡的一天，他沿著奥克維河搭船去診療病人，「船在日落時分正要穿越一群河馬時，心中毫無預期地突然閃現『尊重生命』這幾個字」，之後他進一步提出尊重生命的倫理和世界觀，而他構思許久的《文明的哲學》一書之中心主題也因應而生。他認為即使科學和技術的成就帶來物質的進步，如果人類不能朝著倫理的目標不斷奮鬥邁進，就無法真正受惠，也不能克服貪婪、妥協、迷信、現實政治，以及隨之而來的文明衰敗的危機。獲得諾貝爾和平獎之後，他大聲呼籲禁止核武試爆和環境的保護。他這些言行在邁入二十一世紀的今天依舊是世人的暮鼓晨鐘。

左岸出版社的劉佳奇編輯邀我替這本書寫序時，提到誠品書店的總經理吳清友先生，多年前閱讀過我所翻譯的史懷哲著作《文明的哲學》，深感到身處二十一世紀，史懷哲所思所言依然有深切的意義，有意重新翻譯出版他的主要著作；因此這本書的催生者，實則可以遠溯自我的那本譯作。得知三十多年前翻譯的一本書，能夠帶給一些讀者心靈的食糧，至感欣慰。記得當年接觸史懷哲著作，緣於我的忘年故交陳五福醫師，陳醫師受到史懷哲的感召，畢生在故鄉羅東懸壺濟世，他生前總是惦記著史懷哲的名言：每個人都有他心中的「蘭巴雷內」。當年像五福醫師這般受到史懷哲影響而行醫行善的人不少。今天，何處是有理想有抱負的年輕人的「蘭巴雷內」？

過去雖有若干史懷哲書籍的中譯本，如今得知誠品願意再次出版他的主要著作，並以完整的面貌呈現給讀者，至為感佩。

（本文作者為中央研究院生物醫學研究所特聘研究員）

跨時空的傳道者

連加恩

大部分人對於史懷哲的認識，僅止於他的學位：哲學、演奏、神學以及醫學，和他在非洲的犧牲奉獻。然而手上的這本書《生命的思索——史懷哲自傳》，讓我們一窺一個真理追尋者遷徙的腳蹤，和他思想的轉變。

根據渾沌理論的蝴蝶效應，世上的每一個人無論他知或不知，都曾改變世界；更進一步說，每一個想要改變世界的人，都正在用他相信有效的方法為之。二十一世紀的我們，共同活在這史懷哲博士用心參與改變的地球，人類文明接受他思想的挹注，而有所不同。

初讀本書的時候，難免因為物換星移、時空背景不同，而有遙不可及的感受，然而再仔細讀，則發現一些寶貴的可借鏡之處，諸如一個知識分子對當今世界局勢的關心、憂心，和為了捍衛文明核心價值的苦口婆心之情。特別在這個後現代主義之後的又一章：相對的、個人化的價值，凌駕絕對的標準，利他、利眾的價值式微的當下，讀起這本自傳，似乎發現除了慈善家、非洲醫生之外，作者更確切的身份應該是傳道者——用入世的生活，反思的能力，在一站站不同的生命歷程中，慢慢地把自己要傳的道呈現出來。

歷史的背景改變了，但人們的心不會因此受到時空的限制，而無法共鳴，也許特別是當這種時刻，就是許多人高喊「改變」，而更多人期待「被改變」之時，需要把這一類的書拿出來讀一讀：太陽底下無新事，我們的世界沒有比史懷哲先生的世界更值得憂心，或更困難，歷史只是用不同的方式重演而已，而過往的傳道者，可以透過所寫的書，繼續傳道。

（本文作者為衛生署疾病管制局防疫醫師）

一　童年與求學時代

一八七五年一月十四日，我出生在上亞爾薩斯區的凱撒斯堡，家中排行老二。父親路易士．史懷哲是教會牧師，在以天主教為主的當地為少數新教徒服務。祖父則在下亞爾薩斯區的法芬霍芬擔任教師及管風琴師，他有三個兄弟也從事類似的職務。母親阿黛爾為牧師之女，娘家姓席林格，來自上亞爾薩斯區孟斯特山谷的繆爾巴哈。

出生幾個星期之後，全家就隨父親搬到孟斯特山谷的鈞斯巴哈。我和三個姊妹、一個弟弟在此度過快樂的童年；唯一的陰影是父親經常生病。不過後來他逐漸恢復健康，七十幾歲時仍硬朗地在法軍砲火下照料教區；當時法國軍隊從孚日山脈的制高點往山谷中掃射，造成鈞斯巴哈許多居民的傷亡及住屋的毀損。直到一九二五年父親才以高齡離開人世。然而母親卻先於一九一六年，在鈞斯巴哈和威林泰爾間的道路上，被騎兵隊撞倒不治身亡。

五歲時，父親開始利用外祖父留下的古老方形鋼琴教我音樂。他並沒有高超的琴藝技巧，卻能即興彈出動人的曲子。七歲時，我在學校用小風琴為聖歌旋律加入自己的伴奏和聲，讓老師驚訝不已。即便腿還不太搆得到踏瓣，八歲的我就開始彈管風琴了。這方面的熱情恐怕是來自外祖父的遺傳，他對管風琴的彈奏及樂器製造都有高度的興趣；據母親所言，他還因華麗的即興演奏而小有名氣。外祖父每造訪一個城鎮，一定會先去了解當地的管風琴。當瑞士琉森大教堂準備建置一座著名的管風琴時，他還特地去仔細觀察。

九歲時，我第一次在教會禮拜中擔任代理管風琴手。

一八八四年秋天以前，我都就讀於鈞斯巴哈的鄉村小學。接著在孟斯特的實科中學（以實用課程為主，不教授古代語文）唸了一年，其間還私下補習拉丁文，準備進入普通中學的第五級。

一八八五年秋季，我正式轉入普通中學就讀，地點在亞爾薩斯的繆爾豪森。我的教父（也叫路易士·史懷哲，是我祖父的同父異母兄弟）好心地邀我與他們同住；他在當地擔任小學校長，否則，以父親勉強養活一家人的微薄薪水，很難有餘力供我上普通中學。

叔公和嬸婆沒有子女，在他們家中接受的嚴格管教讓我獲益匪淺。日後回憶起他們所付出的善意，我心中總深懷感激。

在鈞斯巴哈和孟斯特的中小學就讀時，儘管讀寫方面也曾遭遇困難，但成績終究相當不錯。然而到了普通中學，剛開始時功課卻慘不忍睹，這不單單肇因於我的怠惰與愛幻想，也因為先前修習的拉丁文並不足以應付第五級的程度。直到升上第四級*時遇上魏曼博士，他教導我適當的讀書方法，並激發我的自信，成績才逐漸好轉。然而，魏曼博士對我最大的影響是，他在每堂上課之前都審慎地做好萬全的準備（我很早就注意到這個事實），成為我心目中善盡責任的典範。日後我還持續拜訪過他好幾次。大戰快結束時，我有機會前往魏曼博士晚年居住的城鎮史特拉斯堡，立即探聽他的下落；沒想到卻得知他因飢餓傷害了神經系統，竟自殺身亡。

我在繆爾豪森的音樂老師叫尤金・孟許，是聖史帝芬改革教會的年輕管風琴師。這是他從柏林音樂學院畢業後的第一份職位；在柏林時，他親逢巴哈復甦的熱潮。我之所以能在早年就熟習這位聖多瑪斯教堂唱詩班指揮的作品，並有幸從十五歲起就接受管風

---

*當時普通中學分成一到六級，第一級為最高年級。

琴的完善指導，都要歸功於孟許老師。一八九八年秋天，他尚值盛年卻不幸死於傷寒，我用法文寫了一篇悼念的文章，在繆爾豪森出版成冊，這可算是我的第一部出版品。

在普通中學，我主要的興趣是歷史和自然科學。至於語文和數學方面，則要費很大的工夫才略有所得。但一段時間之後，我開始對這些自己並無特殊天份的科目產生濃厚的興趣。因此高年級時，我的成績突飛猛進，雖然不是最好的，也是屬於比較優秀的前段班。尤其是寫作，如果沒記錯的話，我通常都名列前茅。

上最高年級時，我們的拉丁文和希臘文是由來自盧貝克、極富盛名的校長迪克所教導。他的課程並不單從語言學的角度枯燥解說，還會引介相關的古代哲學，並帶領我們窺探近代思想。他可說是狂熱的叔本華信徒。

一八九三年六月十八日，我通過了畢業考。筆試方面並不突出，甚至連論文也沒寫好。然而在口試時，我對歷史的知識與判斷引起了主考官——來自史特拉斯堡的阿布瑞特博士——的注意。於是畢業總評加註了歷史「特優」的字樣，並附上幾句讚美之詞；若非如此，我的學位證書將顯得平庸無奇。

同年十月，由於在巴黎經商的伯父慷慨資助，我有幸追隨巴黎管風琴大師魏道爾學琴。他原本只教音樂學院管風琴組的學生，但由於在繆爾豪森的老師為我打下了很好的基礎，因此聽我彈奏之後破例收我為徒。魏道爾的指導對我有決定性的影響，不僅技巧獲得徹底改善，還促使我在演奏上力求完美；同時也因為他，讓我得以明瞭音樂中結構性的意義。

記得第一次上魏道爾老師的課是個溫煦的十月天；當日正逢俄國海軍上將阿威蘭的軍隊造訪巴黎，首度彰顯俄法兩國剛剛建立的友誼。各大街道擠滿看熱鬧的人群，我因此而被耽擱，抵達老師家時已經遲到很久了。

我在一八九三年十月底進入史特拉斯堡大學，住在聖多瑪斯神學院的威廉宿舍，院長是博學多聞的埃里克森牧師。當時他正忙於編纂喀爾文作品的重大工作。

史特拉斯堡大學才成立不久，就已聲譽卓著；未受傳統所羈絆，師生共同致力於實現現代化大學的理想。師資中鮮少有上了年紀的老教授，整個校園充滿年輕活力與新鮮氣息。

我同時修習神學與哲學兩種課程。由於在普通中學時只學到希伯來語的一點皮毛，因此第一個學期幾乎都在準備希伯來語的資格預試。非常努力之後，才勉強於一八九四年的二月十七日過關。後來受到征服困難的雄心所驅策，我持續致力於此，終能在希伯來文方面獲得健全的知識。

儘管被語言考試弄得焦慮不安，依舊阻擋不了我聽課的熱情，特別是由霍茲曼所開的對觀福音（即馬太、馬可、路加三福音），以及溫德邦和齊格勒的哲學史課程。

一八九四年四月一日起，開始為期一年的兵役生活。由於隊長的寬待，我幾乎每天早晨都能找到空檔，在十一點前趕到學校聽溫德邦教授的課。

同年秋天，部隊前往霍赫費登鄰近地區（位於下亞爾薩斯）演習。我把希臘文聖經塞進背包裡，因為想要申請獎學金的神學院學生，在冬季班開課之初都必須通過三種科目的考試；但對正在服役的學生只要通過一科即可，我選擇的科目是「對觀福音」。

演習時隨身攜帶希臘文的新約聖經，其實也是為了避免考試成績不佳，在敬愛的霍茲曼先生面前丟臉。那段期間，我身強體健、不知疲憊，還能在晚上及假日振奮苦讀。由於暑假時已經先把霍茲曼對聖經的註解熟讀一遍；此刻則想多了解原文，並檢驗自己從霍茲曼的講解與評註中學到什麼。這段探索的過程中，我有了驚奇的發現。根據霍茲曼的說法，馬可福音為最古老的福音，而馬太和路加都以此為基礎；這樣的假設在學術圈廣受肯定，並可據此證明耶穌之公開活動只能透過馬可福音來了解。然而，我卻對這個結論深感困惑。在古根漢村的某一個休假日，我專心研讀馬太福音的第十及第十一章，赫然察覺幾段極具意義的敘述只出現於此，馬可福音並無任何記載。

馬太福音第十章記載著十二門徒的使命。耶穌在送別的談話中，提到他們即將受到嚴厲的迫害；但結果並沒有發生。

耶穌也表示，在他們尚未走遍以色列各城邑之前，「人子」就會降臨；這不外意味著，彌賽亞之國（天國）即將到來。也因此耶穌並不期盼他們歸返。

耶穌怎麼會讓祂的門徒去期待後來並未發生的事情呢？

霍茲曼的解釋是：我們所讀到的並不是耶穌的真實談話，而是後人從各種「耶穌語錄」編纂而成。我無法滿足於這種說法，因為即使如此，後人也不致於憑空讓耶穌說出未能實現的預言。

純粹從福音原文，我不得不設想耶穌確實預言了使徒即將遭受迫害，以及伴隨而來的人子降臨。然而，日後之事實也的確證明了這個預言是錯誤的。

但耶穌為什麼會有這樣的期盼呢？當事情結果出乎意料時，祂究竟做何感想？

馬太福音第十一章記載了施洗者約翰對耶穌的詢問，以及耶穌的回答。這裡我同樣認為霍茲曼和一般解經者，都沒有充分掌握經文的疑難奧祕。當施洗約翰問耶穌，祂是否為「那將要來的人」時，究竟意所何指？我納悶的是：「將要來臨之人」一定意指彌賽亞（救世主）嗎？根據後期猶太教對彌賽亞的信仰來看，彌賽亞降臨前會有個先驅——以利亞的復活；並且，當原本被期盼為以利亞的耶穌告訴門徒，施洗約翰本人才是大家等待的以利亞時，祂也是用「那當來之人」表達（馬太福音 11:14）。於是我下了一個結論：施洗約翰所問之「那將要來的人」表達了同樣的意思。約翰並非派人詢問耶穌，祂是否為彌賽亞；而是想要知道，耶穌是不是大家所期盼之彌賽亞的先驅以利亞——雖然對我們而言，這似乎有點奇怪。

但耶穌為什麼不給約翰一個明確的回答呢？有人認為，耶穌的含糊其詞是為了試探施洗約翰的信心；不過這種說法，其實規避了問題所在，並成為許多旁門左道的來源。比較單純的想法應該是：耶穌不明說是或不是，乃因為祂尚未打算將自我認定的身分公諸於世。關於施洗約翰的提問，無論從哪一個觀點來看，都證明了當時耶穌的信徒沒有人把祂當彌賽亞看待。如果耶穌已經在任一層面被認定為彌賽亞，那麼施洗約翰的問題中一定會透露出這個訊息。

還有另一個段落需要尋求新的詮釋。當施洗約翰的差使離開之後，耶穌對眾人說：「凡婦人所生者，無人大過施洗約翰；然而在天國者，最小的都比他還大」（馬太福音

11:11）。

對此，一般的解釋是將耶穌所言視為對施洗約翰之貶抑，把他放在比身邊追隨天國之信徒更低的層級——這種說法對我而言，既粗俗又無法令人滿意，畢竟那些信徒也都是婦人所生的呀。摒棄此一論調，我的想法是：在比較施洗約翰與天國成員時，耶穌所考量的是自然世界與超自然之彌賽亞世界間的差別。做為一個生於世間者，施洗約翰是所有活過之人中最偉大的。但屬於天國的成員卻不再是現世的自然人；隨著彌賽亞國度的降臨，他們已歷經一種變化，提昇至超自然的境界，呈現近乎天使的模樣。既然已經變成超自然者，其中最小的也比任何活在當下自然世界的人來得偉大。施洗者約翰終將歸於天國，成為其中或崇高或卑微的一份子；然而他獨特且超越其他人的偉大，只有在化身於自然界時才得以呈現。

因此，在大學第一年接近尾聲之際，對於一般認為耶穌送別使徒時的言行是合乎史實的解釋，我一直深感困惑。我也進一步開始質疑將耶穌生平視為歷史性的詮釋觀點。

演習過後回到家中，嶄新的視野在我面前展開。我已經有了定論：耶穌所宣稱的國度並非由祂本人及其信徒在自然界建立並實現的，而是期盼在超自然時代來臨之際伴隨而生。

當時，霍茲曼有關耶穌生平的概念廣被學界接受，在即將舉行的考試中，如果我把內心的質疑表達出來，自然顯得唐突無禮。不過事實上我也沒機會這樣做，因為以好性情著稱的霍茲曼，在面對因服役阻礙學習的年輕學子時，是如此地寬容。二十分鐘的面試，他只要求我把聖經的前三個福音內容做概括性的比較。

在大學時代剩下的幾年當中，我經常忽略其他科目，忙著獨立研究福音內容及耶穌生平的相關問題。透過這些研究，我愈來愈相信謎團的關鍵要從以下事件尋找答案：耶穌派遣使徒出發傳道時的談話，施洗約翰由監獄派人向耶穌提出的問題，以及耶穌面對使徒歸返時的態度。

我很慶幸德國的大學不會過度監管學生的學習，也不像其他國家用重重考試將學生壓得喘不過氣來；它們的做法，反倒為學生提供了獨立研究學問的大好機會！

當時的史特拉斯堡大學神學院，顯露出一股獨特的自由風氣。除了霍茲曼之外，還有剛來史特拉斯堡不久的舊約聖經專家布德，他可說是我最喜愛的神學教師。上他的課能感受到一種藝術境界的愉悅，因為他將學術研究用非常簡單卻又精緻典雅的方式表達出來。

除了神學，我也固定上一些哲學方面的課程。另外，我還跟隨貝勒曼的弟子雅可布斯達學習音樂理論，他偏頗地拒絕承認貝多芬之後的任何音樂為藝術。不過若純粹就學習對位的角度而言，確實可以從他那裡得到紮實完整的訓練，對此我誠心感激。

我的音樂發展有很大一部份要歸功於厄納斯特．孟許。他是尤金．孟許（我在繆爾豪森時的音樂老師）的哥哥，史特拉斯堡聖威廉教堂的管風琴手，並在「巴哈音樂會」擔任指揮，帶領聖威廉教堂合唱團演唱。他將音樂會清唱劇和受難曲的管風琴伴奏交付給我。一開始我只在排練時代班，正式演出時還是由尤金．孟許彈奏；但不久後，當尤金有事無法從繆爾豪森趕來時，我就正式出場伴奏。儘管還是個年輕學子，這種訓練卻使我非常熟悉巴哈的作品，並有機會直接參與這位大師合唱音樂的表演，處理實際彈奏的問題。

聖威廉教堂在當時被視為巴哈復甦熱潮的重要溫床之一，這股熱潮從十九世紀末開始萌生。厄納斯特．孟許對巴哈作品有精湛的研究。原本在十九世紀末，清唱劇和受難曲普遍採用現代化的方式表演；孟許是首批拋棄這種模式陣營裡的大將，他以著名的史特拉斯堡管絃樂團為小型合唱團伴奏，力推更純淨的演奏風格。許多夜晚，我們沈浸在清唱劇及受難曲的樂譜當中，討論正確的詮釋方法。後來接替厄納斯特．孟許擔任音樂會指揮的是他的兒子弗列茲．孟許，他也是史特拉斯堡音樂學院的院長。

在音樂上除了巴哈之外，我同樣景仰的還有華格納。十六歲在繆爾豪森上中學時，我第一次獲准進入劇院，聆賞的正是華格納的《唐懷瑟》。那段音樂體驗深深震撼著我，以致於有好幾天都無法專心上課。

在史特拉斯堡時，當地的歌劇表演是由奧圖．羅瑟所指揮，節目相當精彩出色；我也因此有機會熟悉華格納的所有作品——當然，《帕西法爾》是例外，它只在拜魯特音樂節演出。一八九六年我有幸前往拜魯特觀賞《尼布龍根的指環》，這是自一八七六年初演以來首次重新製作的完整演出，多麼難得的寶貴經驗啊！巴黎的朋友給我門票，但為了籌措旅費，我必須節衣縮食，一天只吃一頓飯。

倘若今日去看一場華格納的歌劇，音樂之外還有各種華麗的舞台效果吸引觀眾的目光，這使我不禁惆悵地緬懷早年在拜魯特欣賞《指環》四部曲時的場景佈置，正是那種單純樸實才更展現令人驚嘆的效果。不僅是舞台設計，當時整個演出都徹底實踐了已故大師的精神。

火神羅格一角由弗格爾擔任，他唱作俱佳，讓我印象深刻。他一出場便凌駕了整個舞台，不著痕跡地成為全場注目的焦點。不像現代所流行的羅格角色，穿著丑角服飾隨著代表羅格的主題節奏繞場起舞。弗格爾身上唯一醒目的只有那件紅袍；隨著音樂節奏，彷彿不受控制地反覆將紅袍或左或右地甩到肩上，凝視周遭所發生的事物，卻又完全自外於此。簡單明瞭的動作，清楚表達出盲目邁向毀滅之諸神中無止境的破壞力量。

在史特拉斯堡的學生時代很快就過去了。一八九七年夏季尾聲，我參加了第一次的神學考試。試前有個「論文」主題：「將施萊爾馬赫的最後晚餐說，與新約聖經及宗教改革之信仰論述做比較」；所有應考者都必須根據主題，在八個星期內交出完整的研究報告。校方再依據論文決定誰有資格參加正式的考試。

這項任務又把我拉回到福音書及耶穌生平的問題上來。為了應付考試，我必須重新檢視關於最後晚餐的主流教義與歷史詮釋，結果卻發現它們都無法提供令人滿意的答案。對於這個耶穌與其門徒的歷史性儀式，以及原始基督教聖餐禮的意義，沒有人解釋得清楚。施萊爾馬赫在其著名之《教義學》中，有一節討論到最後晚餐的問題，讓我深思許久。他指出：根據馬太和馬可福音的記載，耶穌並沒有要求門徒反覆舉行晚餐儀式。因此我們必須理解，原始基督教團體重複聖餐禮，是起源於使徒而非耶穌。施萊爾馬赫以精湛的論述充分呈現此思維，不過卻沒有進一步探索它所衍生出來的歷史意義與結果。於是，我持續思考這個問題，即便在完成那篇決定考試資格的論文之後，依然不歇止。

我心想：如果兩部最古老的福音都沒有記載重複晚餐的指令，那就意味著門徒帶領信徒反覆舉行晚餐儀式乃出於門徒自己的主張與權威。然而，即使耶穌的言行並沒有直接指示，門徒也一定是從最後晚餐的本質中察覺到什麼，才會這樣做。既然從過去到現在對於最後晚餐的解釋，都未能充分說明，為什麼早期的基督教團體在沒有耶穌命令的情況下會採行聖餐禮，我必須斷言最後晚餐的問題尚待解決。於是我持續探索：最後晚餐之於耶穌和使徒的意義，是否與期盼即將來臨之天國中所要慶祝的彌賽亞盛宴有關連？

二　巴黎和柏林：一八九八—一八九九

一八九八年五月六日，我通過第一次的國家神學考試；接著整個暑假都在史特拉斯堡，埋首於哲學問題。我住的房子位於「舊魚市」三十六號，從前歌德在史特拉斯堡就學時也曾居住於此。

溫德邦和齊格勒在各自的領域中都是非常傑出的教授。溫德邦的強項是古代哲學，他所開設的柏拉圖與亞里斯多德的研討課程，是我學生時代最美好的回憶之一。齊格勒的專長是倫理學與宗教哲學；他出身於杜賓根的新教神學院，完整的神學訓練對其宗教哲學大有裨益。

神學考試後，在霍茲曼的推薦下，我獲得了由聖多瑪斯參事會和神學院共同設立的高爾獎學金。每年有一千二百馬克（六百美元），為期六年。獲獎者必須在六年內取得史特拉斯堡的神學文憑，否則就得將已領到的錢全數歸還。

經過齊格勒的勸說，我決定先把重心放在哲學的博士論文上。學期末的某一天，我們撐著傘在校園台階上交談，他建議我以康德的宗教哲學為題撰寫論文，這項提議深深打動了我。一八九八年十月底，我前往巴黎的索邦大學攻讀哲學，並繼續追隨魏道爾學習管風琴。

在巴黎時我不常去聽課。從入學開始，校方的輕率隨便就讓我很不舒服。整個教學體制與方法陳腐保守，即使再優異的師資也無法發揮功效，真令人大失所望。這裡沒有史特拉斯堡常見的綜合性課程，教授們不是只講解考試提綱，就是針對個別專題授課。

我有時會去新教神學院（位於阿拉哥大道）聽薩巴蒂埃開設的教義學，以及新約聖經學者梅內格茲講授的其他課程。我對這兩位教授深懷敬意。不過整體而言，在巴黎的冬天，我的主力放在音樂及博士論文。

除了在魏道爾門下學管風琴（現在他免費指導我），我還跟菲利普學鋼琴，他後來也成為音樂學院的老師。同時，我也師事吉爾—杜勞特曼，她來自亞爾薩斯，是李斯特的得意門生；身為鋼琴演奏家，她一度是樂壇最閃亮的明星，現在業已退隱，致力於鋼琴演奏生理層面的研究。她和生理學家費雷合作，進行實驗計畫，我就好像計畫中的白老鼠一樣接受試驗。對於這位天賦異稟的才女，我是多麼地感激啊！

根據吉爾—杜勞特曼的理論，彈奏時手指一定要儘可能地意識到它與琴鍵間的關係。演奏者必須充分掌握從肩膀到指尖肌肉的鬆緊，避免所有不自主和無意識的動作。只為求快速之手指練習必須徹底揚棄。當手指準備進行一個動作時，它永遠都要意圖實現欲求的聲音。最輕快的觸鍵可以達到良好的共鳴效果，但是手指頭也必須隨時意識到自己是如何讓壓下去的鍵再彈上來的方式。在按鍵和放鍵的過程中，手指發現自己正進行一種極細微的擺動，或向內（向拇指）或向外（向小指）。當手指朝同一擺動方向接連按下幾個琴鍵時，相應之音色與和絃便做了有機的結合。

若手指擺動方向不同，會讓音調的本質分解。透過手指與手掌深思熟慮後的擺動變化，可以造就不同的音色及明確的段落。為了獲致與琴鍵間更具意識、更為密切的關係，必須極力培養手指的觸覺。當手指之靈敏度臻於完美時，演奏者便能充分反應出音色及各種色彩。

吉爾將此理論推至極致，宣稱藉由手的適切發展，非音樂人也能培育出強烈的音樂性。她從鋼琴觸鍵的生理學出發，意圖開展出關於藝術本質的一般性理論。也正因為如此，她對於藝術觸感之本質的觀察原本應該是正確且強而有力的，卻加入一些深奧怪異的想法，使其研究未能獲得應有的重視。

在吉爾—杜勞特曼的指導下，我徹底改變雙手的運用。藉由她良好的引導及省時的練習，我愈來愈能充分掌控自己的手指，這對演奏管風琴大有助益。

然而，菲利普比較傳統式的鋼琴教導也是非常可貴的，它讓我免於陷入吉爾方法之偏狹。由於這兩位恩師彼此互不認同，我必須對他們隱瞞自己也是對方的學生這一事實。因此麻煩的是，早上跟吉爾學琴時，我要提醒自己用吉爾式的方法彈奏；下午跟菲利普學琴時，又得轉換成菲利普式的彈法！

吉爾—杜勞特曼於一九二五年逝世；至於菲利普，我跟他之間就跟魏道爾一樣，至今依然維持深厚的友誼。透過魏道爾，我在巴黎認識了許多有趣的名人雅士。他也相當關切我的物質生活；有好幾次見我因經濟拮据而三餐不濟時，就在課後帶我到盧森堡附近他常去的餐廳飽餐一頓。

父親在巴黎的兩位兄弟和他們的妻子都對我很好。年紀較輕的查理士，在改進現代語言教學上頗有貢獻，是位知名的語言學家；透過他，我結識了一些大學裡的教育界人士。因為這些人的幫助與陪伴，讓我在巴黎感受到家的溫暖。

我的藝術或社交活動並未阻礙博士論文的進展；當時的我身體健康，足以承受長時間的熬夜工作。有時我甚至整夜沒睡，隔天早晨還到魏道爾老師面前彈琴。

由於巴黎國家圖書館閱覽室的規則十分繁複，要去那兒查閱康德宗教哲學的文獻似乎是行不通的。因此，我決定省去參考二手資料的麻煩，看看自己專注於康德本身的著作之後，能得到什麼樣的結果。

在研讀原典的過程中，我發覺康德語彙使用上的一些轉變；例如：《純粹理性批判》中幾個關於宗教議題的段落裡，更質樸的術語「先驗的」（transcendental）取代了原本康德基本批判中常見之語詞「理智的」（intelligible）。我因而追溯康德所有關於宗教哲學的著作，探詢任何具重要意義之表述，試圖找出語彙使用的來龍去脈，進而確定是否在意義上有所轉變。由此，我證實了「純粹理性規約」中的一大段文字，並不屬於《純粹理性批判》，而是出自康德更早的作品〈宗教哲學概述〉；儘管前後作品間出現一些無法融貫的地方，他還是將之放入書中。

另一項發現是，康德並未進一步開展《純粹理性批判》中先驗辯證之宗教哲學架構。《實踐理性批判》所討論之宗教哲學，包括上帝、自由和不朽這三項要件，都跟《純粹理性批判》所暗示的大不相同。在《判斷力批判》及《純粹理性範圍內之宗教》中，他更揚棄了此三要件之宗教哲學。從晚期作品的思路演變，再度引領我們回到〈宗教哲學概述〉的脈絡當中。

一般認為，康德的宗教哲學就等同於上述三項要件；其實不然，它是不斷變動的。這種轉變乃肇因於其批判觀念論之預設與道德律之宗教哲學訴求間根本是不相容的。在康德作品中，他將批判的宗教哲學與倫理的宗教哲學並列發展，試圖讓二者調和為一。他原本以為，《純粹理性批判》中的先驗辯證法可以輕而易舉地予以整合；然而，他所設計的架構並不成功，因為康德並未停留在早期的道德律概念（如《純粹理性批判》的先驗辯證中所預設的那樣），反倒不斷豐富原有的意涵。這種更為深化的道德律概念，卻引發了超越宗教觀念論的宗教性問題。在其宗教哲學尋求更為深化之道德律的同時，原本在批判觀念論佔有關鍵地位的一些信念似乎不再重要；此種連結的一個明顯例子是，當康德的宗教思想完全被其最深倫理所主導時，「不朽」這個要件便無法扮演任何角色了。於是，康德選擇深化道德律的宗教哲學路線，不再堅持將其宗教哲學立基於批判觀念論上，兩者就此漸行漸遠。然而不可避免地，逐漸深化的過程無法維持他整體思想的一致性。

一八九九年三月中旬，我回到史特拉斯堡，將完成的論文提交齊格勒。他看了之後大表讚許，並安排七月末進行論文口試。

一八九九年夏天，我在柏林度過，大部分時間用在研讀哲學。我訂下的目標是，讀遍古代與近代哲學的主要著作。同時，我也去旁聽哈納克、弗萊德雷爾、卡夫坦、鮑爾生及齊美爾等人的課程。關於齊美爾的課，一開始我只是偶爾才去，後來就成為固定的旁聽生了。

在史特拉斯堡時，我已先拜讀過哈納克的《教義史》，內心充滿欽佩；後來經由朋友介紹才與他結識，並曾造訪其住處。哈納克的博學及興趣之廣讓我十分驚訝，以致於經常困窘地無法適切回答他的問題。日後，我還收過他許多真摯且內容豐富的明信片——明信片是哈納克與人交流的慣用方法。一九三〇年，我在蘭巴雷內收到他兩張明信片，詳細論及我剛出版的新書《使徒保羅的神祕主義》，這恐怕是他的絕筆了。

我在柏林有很多時間與史坦普共處。他對聽覺靈敏度之心理學研究，引發我高度的興趣。我定期參與他和助手們進行的實驗；就和史特拉斯堡時期跟吉爾—杜勞特曼合作的情形一樣，我又成了試驗中的白老鼠。

除了艾基迪之外，柏林的管風琴手都有點讓我失望；因為他們都著重在表面的精湛技巧，而非魏道爾所強調之實質的風格彈性。而且，跟巴黎聖許畢斯教堂和聖母院中由卡瓦葉—科爾製造的樂器相比，柏林這些新管風琴聲音是多麼單調乏味啊。

帶著魏道爾的介紹信，我得以會見威廉大帝紀念教堂的管風琴手雷曼教授。他讓我固定時間去練琴，並在他休假時間代理其職務。透過這層關係，我結識了一些柏林的音樂家、畫家和雕塑家。

在著名古希臘文化學者恩斯特．庫爾丘斯的遺孀家中，我接觸到許多學術界人士。由於我和她的繼子佛烈德利希（時任柯瑪學區督導）熟識而受到庫爾丘斯太太的熱情款待。在那兒經常遇見格林先生，他用盡心思說服我改變錯誤的想法，因為我當時認為第四福音的內容無法與前三部福音協調一致。如今回想起來，有此機緣結識這麼多柏林的智識領袖，這是多麼幸運的事。

比起巴黎，柏林的智識生活對我產生更深遠的影響。巴黎是個國際型的大都會，其智識文化顯得有些分散零亂。初到之人必須先花時間充分適應，才能領略其中的價值。相對地，柏林的智識生活就有明確的重心，以組織良好、蓬勃發展的大學為其樞紐。此外，柏林在當時還不屬於世界級大都會，給人的印象是個在各方面都順利進展的地方型城鎮。整體而言，它瀰漫一股健康的、自我確信的氛圍，對未來命運充滿信心，這是現代巴黎嗅不到的氣息——此刻的巴黎正被德雷弗斯案*弄得分崩離析。因此，我可說是在柏林最美好的時期認識了它，也愛上了它。最讓我難以忘懷的是，柏林社會純樸的生活形態，以及融入別人家庭的輕鬆自然。

＊一八九四年，法國的猶太軍官德雷福斯（Alfred Dreyfus）被控出賣軍事情報給德國，判決無期徒刑並公開拔除軍階，執行拔階當日圍觀者數萬人，社會反猶氣氛強烈。一八九八年一月十三日，法國名作家左拉發表給法國總統的公開信〈我控訴〉（*J'accuse*），將事件矛頭指向陸軍總部，左拉被判決一年徒刑，罰款三千法郎，遂流亡英國。史懷哲在巴黎的時間正是此案最沸沸揚揚之時。德雷弗斯最後獲判無罪，並恢復軍職。

三　史特拉斯堡的早年時光

一八九九年七月底，我回到史特拉斯堡接受哲學博士學位。在論文口試中，齊格勒和溫德邦兩位教授都認為我的表現不如預期，明顯低於我應有的論文水準。這也難怪，我花了太多時間在史坦普的實驗上，以致於無暇準備考試；再加上只閱讀原典，卻過度忽略教科書。

論文最後在一八九九年末出版成書，題目定為《康德的宗教哲學：從〈純粹理性批判〉到〈純粹理性範圍內之宗教〉》。

齊格勒認為我有資格並力促我擔任哲學講師，不過我卻決定往神學發展。他暗示，如果真的成為哲學講師，人們恐怕不會樂見我又積極從事傳教士的職務。但是對我而言，傳道是種內在的必然；能有機會在每個星期天對一群聽眾訴說生命最根本的問題，是件非常美妙的事情。

此後我留在史特拉斯堡。雖然不再是學生，依然獲准住在我喜愛的聖多瑪斯神學院的威廉宿舍。房間向外可以俯瞰大樹林立的寧靜花園——學生時代曾在此度過許多歡樂時光——這對我即將從事的工作，似乎也是最合適的處所。

等博士論文的校正工作告一段落，我便開始為取得神學文憑而忙碌。想要盡快獲取文憑是為了早點讓出高爾獎學金給另一名符合資格的學生——我的好友耶格，他對東方語言極具天份，後來當上史特拉斯堡新教中學的校長。不過，他終究未曾使用這筆獎學金；早知如此，我就不該那麼早停下腳步，而會四處遊歷，並到英國的大學繼續深造。

一八九九年十二月一日，我取得史特拉斯堡聖尼古拉教堂見習牧師的職位；通過第二次神學考試之後，被任命為副牧師。第二次的神學考試通常是由年長的牧師執行，我雖在一九〇〇年七月十五日通過，但卻只勉強及格。當時正埋首於神學文憑論文的撰寫，因而疏於複習考試所需具備的各門神學知識。幸虧有老牧師威爾的大力支持——他對我在教義史方面的知識讚譽有加——才得以逃過失敗的命運。考試中特別不利的是，我對讚美詩的作者及其生平知道得太少。

聖尼古拉教堂有兩位上了年紀但依然精力充沛的牧師：一位是尼特，父親在鈞斯巴哈教堂的前任牧師；另一位則是傑羅德，我一個舅舅的親密好友（舅舅也曾任職於聖尼古拉教堂，只可惜英年早逝）。我在這裡擔任他們的助理，主要工作是代理下午的禮拜、兒童主日學，以及堅信禮的課程。

從事這些職務成為我恆常的喜樂泉源。下午的禮拜只有少數信徒參加，我得以採用承襲自父親的佈道方式，呈現更親密的交流互動，如此較能充分表達自我，效果要比上午的禮拜來得好。即便至今，我在大庭廣眾面前依然會感到羞怯與不自在。隨著歲月的流逝，兩位老牧師花在上頭的時間越來越少，我也因此必須經常在早上講道。我習慣先將佈道辭詳細寫出來，在最後定案前常有兩、三篇不同的草稿；不過儘管已牢記內容，真正講道時我也不會照本宣科，往往跟原稿有相當大的出入。

下午的禮拜，我把它視作簡單的祈禱儀式，而非正式佈道；因此講述時間比較簡短，導致某些教友心生不滿，一狀告到「教士督導」的辦公室。負責人尼特牧師只好把我叫到跟前，但見面時他卻顯得跟我一樣尷尬。

他問我該如何回應這些忿忿不平的教友，我說可以告訴他們：我只是個缺乏經驗的助理牧師，發現自己對經文沒有什麼好補充時，就無話可說了。尼特聽了，只溫和地責備幾句，並告誡我講道的時間別再少於二十分鐘，便讓我離開。

尼特牧師代表的是融合虔信主義之正統派，而傑羅德牧師則是個自由派。兩人立場或有不同，但一直以真摯的友愛精神攜手合作，達成任務；每一件完成的事情都呈現完美的和諧。這間位於聖多瑪斯神學院對面的小教堂，雖然不怎麼起眼，卻有非凡的成就。

這幾年間，只要星期日有空，我都會回鈎斯巴哈代理父親的工作。此外，每週有三天的晨課結束後，從十一點到十二點，我必須為男孩上堅信禮的課程。我儘可能地減少作業的負擔，讓孩子們的心靈與精神享受純淨的愉悅。我總利用課堂的最後十分鐘，帶領他們朗讀聖經的文句及讚美詩歌，使其對信仰多所認識，進而影響其一生。我的教育目標是要把福音的偉大真理帶入孩子的心靈與思想，讓宗教在其生命中產生實質的意義，日後方能有堅強的意志抗拒反宗教力量之侵擾。我也試圖喚醒他們對教會的愛，以及對週日禮拜所帶來之精神撫慰的渴望。我教導他們，在尊重傳統教義的同時，也要堅信保羅所說的：凡基督精神所在之處，皆有自由。

我很榮幸知道，這幾年所播下的種子有些已經生根發芽。他們感謝我當時將耶穌宗教的基本真理以不違背理性的方式深植其心，反倒加深其信念。這對他們日後能夠堅持信仰極有幫助。

從講授宗教課程中，我第一次意識到自己從祖先身上承繼了多少為人師表的血液。

在聖尼古拉教堂的月薪只有一百馬克，但已足夠支應我的需求，因為聖多瑪斯宿舍的食宿費用都相當便宜。

這份職位的一大恩典是留給我很多時間鑽研學問和音樂。由於兩位牧師的體貼，我才可能在春秋兩季孩童放假時離開史特拉斯堡。唯一的要求是我必須找到佈道代理人；但事實上，即便有時找不到人，他們也會好心地為我代班。因此一年當中，我有整整三個月的休假；其中一個月在復活節之後，另外兩個月是在秋季。春天的假期，我通常都前往巴黎，繼續追隨魏道爾學習音樂；至於秋季，則大多回到鈞斯巴哈的父母家中度過。

幾次造訪巴黎，我結交了許多值得珍惜的朋友。初識羅曼・羅蘭大約是在一九〇五年。一開始，彼此僅以音樂家的身分相待；但接觸後逐漸感受到對方的人格特性，於是成為很好的朋友。

里希坦柏格是法國人，對德國文學具有極敏銳的鑑賞力，我們之間交誼頗深。一九一八年回到史特拉斯堡後，我在音樂與哲學的學生敏德，對德法文學也頗有專精，可說承繼了里希坦柏格的地位，成為我另一名至友。

此外，有次偶然的邂逅令我畢生難忘。時間是二十世紀初一個愉快的春天早晨，地點在狹窄的聖雅各路上。當時我僱了一輛馬車趕著赴約。街道上並排的車輛動彈不得；等候之際，我突然被眼前一台敞篷馬車的乘客所吸引。一開始注意到的是那頂講究的高帽（當時法國人還戴著高帽），卻戴在怎麼說都不算優雅的頭上，看來十分怪異。但仔細端詳之後——交通阻塞讓我必須再等上一段時間——竟然感受到一股神奇的魔力，那種精神性的尊貴恰與其奇特面容形成強烈的反差。他所散發之豪放不羈、反璞歸真的自然本性，顯露出一種無畏無悔的堅強意志，這在其他人身上是從未見過的。凝視當中，我恍然大悟，原來他就是鼎鼎大名的克里蒙梭[*]啊！

後來我聽說塞尚曾試圖為克里蒙梭畫肖像，但三度試畫後決定放棄，因為他「無法為這樣的東西畫像」——我完全了解此話的真意。

新世紀的第一年，我在巴黎外語學會用德語發表了一系列關於德國文學及哲學的演講。還記得當時討論的對象包括尼采、叔本華、霍普特曼、蘇德曼，以及歌德的《浮士

* Georges Clemenceau (1841-1929)：醫生、新聞工作者、法國政治家。一九〇二年開始擔任參議員，一九〇六—〇九年和一九一七—二〇年間兩度擔任總理，為一九一九年巴黎和會的三巨頭之一。

德》。一九〇〇年八月，我正準備講授尼采時，突然傳來他的死訊；死亡終於解脫其苦難。

對我創作具有關鍵性的這幾年就這樣單純地過去了。我全神貫注、按部就班地努力工作，絲毫沒有懈怠。

我很少出外旅遊，因為時間和經濟上都不允許。一九〇〇年，我陪同大伯母到奧白安美角觀賞基督受難劇*。出色的舞台佈置比受難劇本身給我更強烈的印象。從舊約聖經取材的幾個主要情節，都沒能在舞台上適切地表現；再加上過於戲劇化的展演方式、劇本的不完美，以及庸俗的音樂，都令我不敢恭維。倒是演員們沈浸於劇中角色的那份熱誠，深深打動了我的心。

受難劇本來應該作為一種宗教儀式，用簡單的方法由村民演給村民看，但由於外來觀眾如潮湧至，為了迎合所有觀眾的需求，被迫脫離原來模樣，轉變成舞台劇的形態——這對我而言，確實難以滿意。不過，任何對生命精神層面敏感的人都會承認，儘管受難劇變了，奧白安美角的人仍竭盡所能地以昔日質樸的精神賣力演出。

當財務狀況比較寬裕時，我也會前往拜魯特音樂節朝聖。在史特拉斯堡撰寫巴哈書籍時，我認識了科西瑪・華格納夫人，她讓我印象深刻。我認為巴哈音樂是描述性的，她對此看法甚感興趣。有一次，夫人到史特拉斯堡造訪傑出的教會史學家費克時，找我去新教堂使用精緻的摩克林管風琴★，藉由彈奏巴哈的聖詠前奏曲來闡釋我的觀點。在那個場合，她還告訴我許多關於年輕時代接受宗教教育，以及日後改信新教的趣事。然而，無論我們多常見面，在這位氣質高貴、藝術才華洋溢的非凡女性面前，我總無法克服羞怯的毛病。

至於齊格菲．華格納（科西瑪和理察．華格納之子），在許多方面都天賦異稟；但我特別欣賞他單純而謙虛的個性。看過他在拜魯特工作的人，莫不讚譽有加——無論是對其工作表現或做事的方式。他所創作的音樂不僅美好動聽，且蘊含了深遠的意義。

＊十七世紀時，在三十年戰爭與瘟疫的蹂躪下，位於巴伐利亞山區小鎮的奧白安美角居民，祈求上帝能使該地免於禍害，並立誓每十年籌演耶穌受難劇答謝神的恩典。首次演出在一六三四年，日後改為在整十年的年份演出。

★Joseph Merklin，住在比利時的德國人，十九世紀優異的管風琴建造者。

四　神學研究：一九〇〇—一九〇二

完成康德論文後回到神學領域，很自然地重拾關於耶穌生平問題的研究，這是我從學生時代初期就不斷思索的方向。我大可整理已有的心得資料，發展成一篇神學文憑的論文。然而，先前針對最後晚餐所做的研究已經擴展了我的視野與興趣。對耶穌生平的探索，進而引領我關切原始的基督宗教。最後晚餐的問題同時牽扯到這兩個領域；它對耶穌及原始基督教的信仰發展，皆居樞紐地位。

我對自己說：如果最後晚餐的起源與意義仍舊是個未解之謎，就表示我們並不了解耶穌及早期基督教時代的思想世界；同時也無法充分掌握耶穌及原始基督教信仰的真正問題，因為我們並未從最後晚餐和宗教洗禮的基礎上來考量。

由此思量出發，我計畫撰寫一部最後晚餐史，與耶穌生平及原始基督教的歷史息息相關。論文方向分成三部份：一開始先將過去對最後晚餐的研究交代清楚，說明自己的立場，再規劃出問題整體的輪廓；第二部份是描述耶穌的思想和活動，藉以理解祂為何與使徒們舉行最後晚餐；第三部份則從原始教會及基督宗教最初兩世紀的脈絡當中研究最後晚餐。

以最後晚餐為題的論文，使我在一九〇〇年七月二十一日獲得神學文憑。其中第二部份關於救世主與受難之奧祕，則於一九〇二年為我取得大學講師的職位。

我的第三、第四項研究分別是探討原始基督宗教的最後晚餐，以及在新約聖經與原始基督教義中的洗禮史；完成以後，我只用在授課，並未付印出版。當時正忙於撰寫《歷史耶穌之探索》，原本打算做為耶穌生平素描的補充，沒想到卻變成厚厚的一本書，也因此中斷了其他的出版計畫。

後來，因為開始執筆巴哈的書籍，神學探索受到阻礙，接著又轉而習醫；直到醫學研究即將告一段落，才再度騰出時間埋首於神學。我決定寫一部使徒保羅的學術研究史，做為《歷史耶穌之探索》的姊妹作，以及闡述保羅教義之導論。

基於自己對耶穌和保羅教義的重新理解，我還打算結合最後晚餐和洗禮相關問題，完成基督教的起源及初期發展史。計畫撰寫的時間，是在第一次前往非洲工作後的空檔；沒想到卻被爆發的歐戰給擾亂了。原本預計在非洲行醫一年半到兩年之間，但戰爭讓我無法如期返回歐洲，非洲之行一去就是四年半，回家時健康已大受影響，生計上也產生困難。

另外還有一件干擾計畫的事情，就是我已著手進行《文明的哲學》的撰寫。因此，〈早期基督教時代的最後晚餐及洗禮史〉便一直被耽擱，只用來做講課的手稿。不過，其中的一些想法後來被衍伸至我的著作《使徒保羅的神祕主義》。

對於最後晚餐問題的研究，我檢視了十九世紀末之前神學家們所提出的各種解答；同時也試圖揭示此問題之真正本質。從研究過程中我清楚發現，許多解答是用來說明早期基督教分發麵包與酒的儀式，但這些說法都不可能成立。重複耶穌的話語，並無法將麵包與葡萄酒轉化成耶穌的聖體與聖血。

古代基督教所舉行的儀式，絕非做為耶穌贖罪性死亡的象徵性扮演或聖禮之重複。對耶穌與門徒的最後晚餐進行詮釋是很後來的事情——見於後世天主教的彌撒及新教徒的聖餐禮，其目的是要象徵罪惡之赦免。

雖然聽起來有點奇怪，但對使徒及古代信徒而言，耶穌將麵包與酒比喻成聖體與聖血的話語並未構成儀式的本質。根據我們對原始基督教的了解，這些話確實未在古代信徒的會餐中被重述。因此，形構當時儀式的，並非耶穌將麵包與酒喻為聖體與聖血之「金科玉律」，而是對麵包與酒的一種感恩性祈禱。這為耶穌與門徒的最後晚餐、以及早期基督教社群的會餐聖禮，賦予了一層意義——指向期盼中的天國盛宴。

由此可解釋為何最後晚餐禮被稱為Eucharist，即感恩祈禱之意。同時也說明了儀式並非在每年復活節前的星期四晚上舉行，而是在每個星期日的清晨，用以象徵耶穌的復活日，代表信徒期盼耶穌之歸返以及天國的降臨。

在以《救世主與受難之奧祕》為題的耶穌生平素描中，我檢討了十九世紀對耶穌早期公開活動及佈道的看法。這些一般被認為是歷史的事實，鉅細靡遺地在霍茲曼關於福音書的著作中得到認可。他的觀點主要立基於兩種根本想法：第一，耶穌並不認同當時盛行於猶太人之間一種對彌賽亞之天真而現實的期盼；第二，耶穌的活動在幾次成功經驗之後，開始面臨失敗，也因此決定讓自己承受苦難與死亡。

十九世紀下半葉的神學家認為，耶穌宣稱要在這個世界建立道德天國，希望藉此轉移信徒期盼超自然之彌賽亞國度的注意力。祂不讓自己成為聽眾想像中的彌賽亞，而是教導信徒相信有位精神性、道德性的彌賽亞，會引領他們辨識真正的救世主。

耶穌的講道起初很成功，但後來受到法利賽人和耶路撒冷官吏的煽惑，群眾遠離了祂。面對這個事實，祂領悟上帝的意志——為了天國，也為了建立自身精神性的彌賽亞身份——祂必須死亡。於是在下一個逾越節，祂毅然決然前往耶路撒冷，自投敵人手中，忍受痛苦，任由他們將自己釘死在十字架上。

這種關於耶穌之想法與決定的論述是站不住腳的，因為它所根據的兩個基本觀念與事實不符。從最古老的文獻馬可和馬太福音來看，並無任何跡象顯示耶穌曾想以精神化之國度取代當時民眾普遍存在的一種實際期盼——冀望未來超自然天國的降臨。古老福音書中也沒有記載，耶穌講道先成功、後失敗的歷程。

根據馬可和馬太福音所記載，耶穌一直活在彌賽亞的期盼當中，這種想法存在於後期的猶太教，往前可回溯至古代先知及西元前一六五年出現的「但以理書」。另外，我們從「以諾書」（約西元前一〇〇年）、「所羅門詩篇」（西元前六三年）及「巴錄和以斯拉啟示錄」（約西元八〇年）中，也可看到這種期盼。

耶穌和祂同時代的人一樣，認為彌賽亞就是但以理書中所說的「人子」，將乘天國雲彩而來。他所宣揚的天國指的是神聖的彌賽亞國度，在自然世界走向盡頭時將隨「人子」建構於地。祂不斷告誡信眾，要隨時準備接受審判，審判的結果有些人得享進入天國的榮耀，有些人則被罰入地獄。祂甚至向門徒表示，最後審判時會在神的王位周邊留有十二個位置，讓他們一同參與審判以色列的十二個部落。

由此看來，耶穌從各種實際面向都認同後期猶太教對彌賽亞之般般期盼。祂並未試圖將它精神化；只是將自身強而有力的道德精神貫穿其上，那個部份是超越所有律法經文的。祂要求人們實踐絕對的愛之倫理，藉以證明他們是屬於神和救世主的，將來才能被揀選成為天國子民。根據耶穌在山上佈道所言，注定有福之人包括：單純樸實者、仁慈善良者、維護和平者、心靈純淨者、渴望天國正義者、哀矜慈悲者、為天國犧牲者，以及歸返童心者。

過去神學研究所犯的錯誤是，認定耶穌試圖將猶太人對彌賽亞的期盼予以精神化，但事實上耶穌只是把愛的倫理宗教注入現實的期待中。我們一開始未能明確領悟，是因為很難想像這麼深、這麼精神性的宗教和倫理如何能與如此單純而實際的猶太觀點結合在一起；不過這種結合的確是事實。

為反駁耶穌佈道活動分為成功與失敗兩個時期的假設，我們可以提出這個事實：耶穌晚期無論在加利利或耶路撒冷的聖殿，都依然受到熱情群眾的包圍與保護，讓祂免於敵人的傷害。憑著皈依者的支持，祂甚至可以冒著危險，在聖殿講道時猛烈抨擊法利賽人，並有足夠權力驅逐商人、潔淨聖殿。

耶穌曾派遣使徒出外宣揚天國已近，待他們完成任務返回之際，耶穌即帶領他們退隱於推羅和西頓的異教區，但這並不是為了避開敵人。事實上，群眾並未叛離，耶穌只是想跟幾個最親近的人單獨相處。當祂重出加利利時，信眾又立刻圍繞其側。耶穌進入耶路撒冷，是帶領一群朝聖隊伍參加逾越節的慶典；要不是祂自願投入權貴羅網，接下來的逮捕與釘死於十字架都是不可能的。判罪時間是在深夜，在耶路撒冷尚未甦醒前的清晨，耶穌就已經被釘在十字架上了。

根據兩部最古老福音書的明確記載，我以新的概念駁斥過去對耶穌生平的錯誤詮釋：耶穌的思想、言論和行為乃基於祂對世界末日已近、天國即將被彰顯的期盼。此說法可稱為「末世論的」（eschatological是從希臘字源eschatos而來，意指「末尾的」）詮釋，它與傳統猶太基督教義中描述世界末日來臨之際所發生的事件相符。

如果以這種方式來檢視耶穌生平——要記得，我們所具備之事實性的知識只侷限於耶穌的公開活動及其最終下場——我們可以得到以下結論：正如耶穌宣稱天國乃尚未開始之未來事件，祂也不認為自己已經是救世主了。祂所相信的是，只有當彌賽亞國度來臨，那些注定被揀選之人進入超自然的存在狀態時，祂才會顯現為彌賽亞。對於自身未來的命運，耶穌一直保持祕密。祂所呈現出來的只是個告知者，宣揚天國即將來臨，但信眾並不知道祂的真實身分。等天國出現時，他們自然就會明瞭。耶穌只有對認出祂且接受天國訊息的門徒透露自己的身分。祂向這些門徒承諾，人子會和祂一樣立即辨識出他們（耶穌慣用第三人稱的方式提及人子，彷彿二者並非同一）。

對於祂自己以及和祂一起相信天國將近的人，耶穌預期必須先共同承受彌賽亞前的苦難，自我證明信仰之忠誠。因為根據晚期猶太教義關於末日事件的敘述，凡獲選進入彌賽亞國度者，在天國即將來臨前，都會受到塵世反上帝力量的壓迫與折磨。

在某個時點——我們不清楚是祂進行公開活動後數週或數月——耶穌確認天國出現的日子已到；於是趕忙派遣門徒，兩兩成對到以色列各城市散播消息。在送別門徒的指示中（馬太福音第十章），耶穌警告他們將面臨彌賽亞前的苦難，會與其他被揀選者一樣遭受殘酷的迫害，甚至喪命。祂並不期待他們能夠歸返，但向使徒保證：被期盼與天國同時出現的人子，在他們尚未走遍以色列各城市之前就會降臨。

然而，耶穌的預期並未實現。使徒沒受到任何迫害就回來了；毫無跡象顯示彌賽亞前的苦難，彌賽亞國度也尚未出現。面對這樣的事實，耶穌只能對自己解釋：一定還有事情必須在此之前發生。

經過思索後祂恍然大悟，身為未來的救世主，必須先以自己的痛苦與死亡為選入天國者贖罪，拯救他們免於彌賽亞前的苦難，唯有如此天國才有可能降臨。

耶穌一直相信上帝以慈悲赦免選民遭逢彌賽亞前之苦難的可能性。在祈求天國來臨的「主禱文」中，耶穌要信徒向上帝祈禱讓他們免於「誘惑」，將他們從「魔鬼」中解救出來。這裡的「誘惑」並非意指導引犯罪之個別誘惑，而是表達在世界末日之際，上帝容許下的迫害──信徒必須承受來自「魔鬼撒旦」（對立於上帝之權力代表）的殘酷對待。

因此，耶穌在赴死前的想法是，上帝願意接受祂自我選擇的死亡來為信徒贖罪。如此一來，信徒就可倖免於彌賽亞前之苦難──他們原本必須藉由受苦與死亡淨化自己，證明自己有資格進入天國。

耶穌決定以死為人贖罪的說法，也可從以賽亞書中關於耶和華僕人的幾個段落（以賽亞書第五十三章）獲得佐證。上面記載耶和華之僕為別人的罪行受難，但他們卻不明瞭祂受難的意義。這些文字段落源自於猶太人的流放年代，意指以色列民族流放異邦時所承受的苦難；做為「神的僕人」，以色列人是為了讓異邦人能夠認識真神而受苦。

當耶穌及其門徒停留在該撒利亞腓利比時，祂向門徒透露注定成為彌賽亞者必須承受痛苦與死亡；同時祂也表明自己就是「人子」（馬可福音 8:27-33）。後來在逾越節，祂帶領加利利人群前往耶路撒冷。耶穌進入耶路撒冷時，群眾歡呼的不是救世主，而是拿撒勒的先知、大衛王的子孫。猶大的背叛不在於密告祭司長哪裡可以逮捕到耶穌，而在洩漏耶穌自稱救世主的訊息。

在耶穌與門徒共進最後晚餐時，祂把感恩禱告獻祭過的麵包與酒分給門徒食用；並宣佈，祂從此不再喝葡萄酒了，一直要到未來進入天父國度時再與他們共飲。很明顯地，耶穌在塵世的最後一餐中，庇佑門徒成為將來天國盛宴上的同伴。從此，信徒都確認自己會被邀請至彌賽亞盛宴，於是開始舉行聚餐儀式，以食物和飲料伴隨著感恩的祈禱。

透過這種「最後晚餐」的延續，信徒希望天國能夠早日來臨。耶穌的期盼是，藉由自身贖罪之死，讓彌賽亞國度直接降臨，免除任何先前的苦難。祂告訴審判官，他們將看見祂以人子的身分坐在上帝右側，乘天國雲彩凌空而下（馬可福音 14:62）。在安息日的隔天早晨，門徒發現墳墓是空的，於是熱切期待主的榮耀即刻顯現；就在此瞬間他們看見了耶穌復活的景象，因而確信耶穌已和上帝同在天上，很快就會以彌賽亞及天國引領者的身分重臨世間。

在這兩部最古老的福音書中，有關耶穌公開活動的記載都是在一年內所發生的事情。春季時，耶穌自比為播種者，開始宣揚天國的祕密；到了秋天收成時期，祂冀盼天國也能和塵世一樣進行採收，於是派遣門徒出外做最後的傳播，告知世人天國已近。不久之後，耶穌便放棄公開活動，與門徒退隱於該撒利亞腓利比的異教地區；很可能一直待到逾越節前，才加入加利利的朝聖隊伍，動身前往耶路撒冷。所以，耶穌公開活動的時間可能至多五、六個月。

五　任教史特拉斯堡大學

一九〇二年三月一日，我在史特拉斯堡神學院發表就職前的學術演講，題目是關於第四福音之「道」*的教義。

事後我得知，神學院有兩名教授反對我就任講師。他們不認同我歷史性的探索方法，也擔心學生會被我的觀點混淆。然而，反對聲浪未能奏效，因為霍茲曼的權威地位無法撼動，而他是堅定支持我的。

在就職演說中，我指出約翰福音記載的幾段基督言論，看似含糊不清，其實是相互貫通的；要理解其間真義，必須將之視為一種指點，基督希望藉由這些話語讓信眾接受

* 第四福音即《約翰福音》；Logos，即神的話語。約翰福音開頭即是「太初有道，道與神同在，道就是神。」

聖禮之權能乃來自於「道」。這方面的理論，一直到後來才有機會在專書《使徒保羅的神祕主義》中充分開展。

我從一九〇二年的夏季班開始授課，課程主題是關於提摩太書和提多書，也就是所謂的教牧書信。

跟學生的對談激發我積極從事耶穌生平的歷史研究。這些學生先前修過史比塔教授關於耶穌生平的課，但對過去這方面的研究卻似乎一無所知。因此，經過霍茲曼教授的同意，我決定在一九〇五年夏天開設耶穌生平的歷史研究課程，一週兩個小時。這個主題對我而言極具吸引力，備起課來特別帶勁，幾乎所有的時間和精力都花在上頭。感謝羅伊斯及其他史特拉斯堡神學家過世後的捐贈，學校圖書館所收藏之耶穌生平的文獻相當齊全。此外，史特勞斯和雷南撰寫之耶穌傳記所引發的爭議文獻，在這裡也幾乎應有盡有。我想，世界上恐怕再也找不到更合適的環境供人考查關於耶穌生平的研究史。

進行這項工作的同時，我還兼任聖多瑪斯神學院威廉宿舍的主管。我在埃里克森去世後代理他的職務，時間從一九〇一年五月一日到九月三十日。後來由林格斯漢（位於史特拉斯堡近郊）的牧師安瑞希正式接任。不過，由於教授教會史的盧修斯教授在一九〇三年夏天猝逝，安瑞希臨時被任命接替他的位置；因此我在一九〇三年十月一日，正式獲得宿舍主管的職位，擁有俯瞰聖多瑪斯黃金河岸的美麗宿舍，以及兩千馬克的年薪。我另外還保留了學生時代待過的舊房間，以供讀書研究之用。先前安瑞希接掌該職務時，我則搬到城裡居住。

《歷史耶穌之探索》於一九〇六年出版，初版的副標題為「從賴馬瑞斯到雷德」。賴馬瑞斯是漢堡的東方語文教授，其《耶穌與門徒的目標》是第一部以耶穌分享同時代人對彌賽亞抱持末世論期盼的假設為基礎，進而闡述耶穌生平的專著。此書首度問世是在賴馬瑞斯死後，由萊辛以匿名的方式為他出版。

雷德則是布列斯勞的神學教授，其《福音書中的彌賽亞奧祕》可謂第一本以堅實論證完全否定耶穌有任何末世論想法的著作。為了理論的一貫性，他更進一步主張耶穌並不將自己視為彌賽亞，其門徒也是在耶穌死後才尊祂為救世主的。

由於賴馬瑞斯和雷德分別代表我研究的兩端，副標題就以他們為名。

研讀各階段的耶穌傳記之後，發現要將它們組織分章是極為困難的。幾度紙上作業的嘗試都徒勞無功，於是我把所有相關書籍堆在房間中央，然後為預定的每一章節安排位置——或於房間角落，或於傢具間的空位；經過審慎思考，再將中央書堆一本一本抽出，各自堆放在適合的位置。我強迫自己讓每一本書都有定所，而且在對應章節的草稿尚未完成之前，該堆書籍會一直保持在原來的位置。這個計畫我堅持到最後。所以有好幾個月的時間，來訪客人都必須沿著書堆間的小路穿梭而行。此外，我還得提防幫我打掃房間的沃騰柏格遺孀——她非常盡責且勤於收拾東西——碰觸到那一堆堆的書。

以歷史批判方法研究耶穌生平的第一批代表學者，歷經了十分艱辛的道路，因為他們試圖用純粹的歷史工具探索耶穌之存在，並從批判性的角度檢視被當作資訊來源的福音書。後來他們逐漸明瞭，要研究耶穌對自我使命之理解，可從既有資訊中有關耶穌佈道及活動的記載進行歷史性與批判性的分析。

十八世紀和十九世紀初期的耶穌傳記，往往把耶穌描繪成啟蒙民眾的大師，試圖引領人們從非精神性的猶太宗教轉向真愛之神的信仰，並進而相信精神性的天國將隨彌賽亞建構於地。作者力圖說明耶穌的所有奇蹟都只是被大眾曲解的自然事件，希望消除人們對奇蹟的信仰。這些理性主義的耶穌傳記中，最著名的是芬圖里尼之《希臘先知拿撒勒的非超自然史》，起初於一八〇〇至一八〇二年間以德文匿名的方式在「伯利恆」（其實是哥本哈根）出版，分成四冊，總共多達兩千七百頁。那時根本沒有人注意到，賴馬瑞斯曾試圖從晚期猶太教關於彌賽亞末世論的教義立場來理解耶穌之佈道。

真正的歷史研究要由福音書之批判分析著手，藉以確認其歷史價值。這方面的努力從十九世紀就開始進行，持續了好幾十年，得到以下的結果：約翰福音所刻畫之圖像與其他三福音不相融合；既然其他三個福音比較古老，應該是比較可靠的文獻；三者共有之訊息，都可以在馬可福音中找到最原始的面貌；路加福音比馬可、馬太福音要晚了許多。

當史特勞斯於一八三五年出版《耶穌傳》後，耶穌生平之研究陷入了尷尬的處境；他認為兩部最古老的福音中有關耶穌的記載，也只有一小部份是真確的。根據史特勞斯的說法，在原始基督教中逐漸形成的大部分說法都具有神話性質；故事之根據主要來自舊約聖經有關彌賽亞的段落。

我們必須知道，史特勞斯質疑兩部最古老的福音故事，並不是因為他在本質上就是個懷疑論者，而是因為他是第一個明白要徹底理解福音書所記載的耶穌公開活動與佈道細節，是多麼困難的事情。

從十九世紀中葉起，現代的歷史觀逐漸開展，主張耶穌試圖將當時猶太教實際的彌賽亞期盼予以精神化，祂以精神性的彌賽亞自居，未來將打造神聖的道德天國。當人們不了解祂、背離祂時，耶穌決心為自己的目標而死，以獲致最後的勝利。

以這種概念撰寫耶穌傳記的學者很多，最著名的包括雷南（一八六三）、凱姆（共三卷：一八六七；一八七一；一八七二）、哈塞（一八七六）及霍茨曼（一九〇一）。我的恩師霍茲曼則針對前三本福音，嘗試為此詮釋提供學術上的基礎。關於耶穌的現代化理論，描述最生動的可說是哈納克的《何謂基督教？》（一九〇一）。

從一八六〇年起就開始有各種針對耶穌生平問題的研究顯示，耶穌嘗試精神化當時末世論之彌賽亞期盼的觀點其實是說不通的。文獻中有多處記載，祂以相當實際的方式闡述世界末日之際人子與彌賽亞國度的降臨。如果我們不重新詮釋或推翻這些章節，就只有兩種道路可以選擇：了解並承認耶穌確實活在晚期猶太教末世論的信仰觀念中；或者，只認同耶穌以純粹精神性的方式訴說彌賽亞和彌賽亞國度，只有那些話語是真正可靠的，其餘都是原始基督教受到晚期猶太教現實觀點的影響而附加上去的。

面對這兩種選擇，研究者一開始都會傾向後者。耶穌分享晚期猶太教的彌賽亞觀念，這種說法對我們而言是多麼地唐突，如此令人震驚且難以理解，於是寧可懷疑兩部最古老福音書的可信度，否定其相關記載之真實性。

然而，當此理論努力區分真實的「精神彌賽亞」與虛妄的「末世論彌賽亞」——

如柯蘭尼（《耶穌基督與同時代之彌賽亞信仰》，一八六四）和沃克馬（《拿撒勒的耶穌》，一八八二）的作品——它也同時必須否認耶穌曾經相信自己就是彌賽亞。因為在描述耶穌透露自己為彌賽亞的祕密給門徒的段落中，呈現的都是「末世論的彌賽亞」——祂相信自己在世界末日之際將以人子身分出現。

因此，耶穌是否抱持末世論的想法演變成一個問題：祂是否視自己為彌賽亞？如果認為答案是肯定的，他就必須承認耶穌之觀念與期盼符合晚期猶太教的末世論觀點。同樣地，倘若拒絕接受耶穌思想包含此猶太元素，便勢必否定耶穌對身為彌賽亞有任何自覺。

這正是雷德在其著作《福音書中的彌賽亞奧祕》（一九〇一）所下的結論。他延續上述想法，認為耶穌只以大師的身分自居，死後被奉為彌賽亞乃出於門徒之想像；耶穌刻意掩藏彌賽亞身分的說法，是原始基督教晚期才添加進去的。

對耶穌末世論的彌賽亞言論感到懷疑，就不可避免地推演出此結論：在兩部最古老的福音書中，除了有關拿撒勒的耶穌從事教學活動的若干籠統記載之外，其餘皆不能視為史實。為了避免如此激進的立場，後世研究又不得不承認耶穌思想中包含末世論的彌賽亞觀念。到了十九世紀末期，耶穌意旨具有末世論特性的想法，以及耶穌自命為彌賽亞的論調，愈來愈受到重視。此觀點在海德堡神學家魏斯的著作《耶穌關於天國的訓示》（一八九二）中，有特別清楚的表達。然而，許多歷史神學家私底下卻希望不用全盤接受魏斯的主張。畢竟魏斯的論述還不夠徹底，神學必須朝這個方向更進一步發展。但事實上，魏斯只注意到耶穌的末世論思想，並未就此推論祂的行為也受到末世論的影響。魏斯在說明耶穌活動及赴死決心時，採用了祂初期成功、後期失敗的慣用假設。然而，要想對耶穌生平掌握歷史性的理解，必須知道對耶穌行為之闡釋不能透過一般的心理學，真正該根據的是末世論的概念。

在《歷史耶穌之探索》中，我對耶穌生平的問題開展出末世論的解答方式。稍早於一九〇一年，已先在《救世主與受難之奧祕》中勾劃了這套思想的輪廓。

這種末世論的解答方式可讓耶穌之思想、言語與行動融合一致，令人豁然開朗；因此也顯示出福音書中許多過去被質疑成偽的章節段落，其實是真確且清晰可解的。

對耶穌生平進行末世論的詮釋，我們可以不用再懷疑馬可和馬太福音之可信度。此方式已經充分說明，福音書所記載之耶穌的公開活動及死亡，都遵循著一種值得信賴的信仰傳統，即使連細節都是可靠的。如果傳統中有些元素顯得含糊或令人困惑，那主要也是因為門徒本身在若干地方未能完全理解耶穌的言語與行為。

出版《歷史耶穌之探索》後，我與雷德開啟了一段友善的書信往來。當我獲知他苦於難以根治的心臟病，隨時都可能撒手塵寰的消息時，內心無比沈痛。在他給我的最後幾封信中，有一段這樣寫著：「主觀上我感覺不錯；但客觀的狀況卻毫無希望。」想到自己可以不用顧慮身體健康盡情工作，而他卻必須在盛年之時放棄工作，心中便難過不已。我曾在著作中對其卓越成就表達高度敬意，或許多少可以彌補他在勇敢追尋真理的過程中所遭遇的敵視與批判。魏德最後於一九〇七年去世。

出乎意料之外，我的著作在英國立即引起廣大的迴響。第一個散播者是牛津大學的桑戴教授，他在課堂討論耶穌生平的問題，大幅引用我的觀點。只可惜我實在抽不出時間，無法受邀前往英國。當時除了研讀醫學，又要準備神學課程，再加上用法文寫的巴哈專書也即將發行德文版，忙得不可開交；我錯過了造訪英國的第二次機會。

劍橋大學的柏奇特教授也大力推崇我的作品，並協助確保英文版順利發行。精湛的英文翻譯是由他的學生蒙哥馬利牧師所為。我和這兩人的互動逐漸發展出真摯的友情。

柏奇特教授從純粹學術的角度看待我的作品，而桑戴博士則是因為我的論點符合其自身之宗教立場才予以支持。對他的天主教思維而言，自由派新教徒所呈現之耶穌的現代面貌實在顯得格格不入。我無意在此批評自由派的新教思想；事實上，我對它持肯定的態度，只不過跟一些代表人物——比如柯蘭尼和雷德——有分歧的意見。他們其實也受到薩巴蒂耶、梅內格茲和高乃爾等其他自由派學者的挑戰。

我這本書也對泰利爾深具意義。如果沒有科學文獻支持耶穌的思想和行為乃受末世論決定，他就無法在其著作《十字路口上的基督教》（一九一〇）中將耶穌描繪成道德的啟示者，祂在本質上是屬於天主教的而非新教式的。

六　耶穌與現代基督教

在前兩部關於耶穌生平的作品逐漸受到重視之際，有個問題一直被各方追問：具末世論思想的耶穌，一生期盼世界末日和超自然天國的來臨，這對我們有什麼意義？在我致力於研究寫作時，也一直被此問題所困擾。當我有效解決許多歷史謎團時，心中不免生出滿足的喜悅；但隨之而來的，卻還是痛苦地意識到，自己在歷史領域探索出來的這些新知識，很可能會造成基督信仰的不安與困難。然而，我以自小熟悉之聖保羅的話語來安慰自己：「我們凡事不能敵擋真理，只能扶助真理」（哥林多後書 13:8）。

既然精神性事物的本質就是真理，每發現新的真理自然都代表一種收穫。在任何情況之下，真理都比非真理有價值，這不僅適用於歷史領域，其他各類型的真理皆是如此。真理對信仰而言，即便有時在外觀上似乎顯得怪異，甚至一開始會造成許多困難，但最終的結果絕對有益無害。它其實只會深化信仰；因此，宗教不用害怕面對歷史性的真理。

假如基督教的真理在各方面都能與歷史真理保持應有的關係，那麼它在今日世界的地位將會多麼穩固！但事實上，每當歷史真理令信仰尷尬時，人們總有意無意地予以偽裝，不敞開心胸接受，反倒迴避它、扭曲它或否定它。當今的基督教發現自己正處於一種困境，難以自由自在地追尋歷史真理，因為長期以來史實總被一而再、再而三的忽略。

舉例來說，早期基督徒在未能確認真實性的情況下，就貿然為文獻冠上使徒之名，這真的讓人深感棘手。幾個世代以來爭辯不休，已然成為一個敏感話題。在面對大量事實證據時，有些人認為不排除新約聖經某些段落可能為假，儘管其中包含了極具價值且令人喜愛的內容；但另一方面，也有人為了挽救早期基督教的名聲，因而強調經文可能失真的假設是無法證明的。然而，引發這場戰火之人，鮮少自覺犯下什麼錯誤。他們只是遵循古代流傳下來的習慣，把一些表達知名人物思想的二手文獻當成是名人自己寫的。我在研究早期基督教史時經常發現這類扭曲史實的缺憾，因此才會成為捍衛今日基督教真理的急先鋒。

就理想狀況而言，要是耶穌能以超越時空的方式、以後世皆可領略之語彙闡述宗教真理，那麼一切問題就迎刃而解了。但事實上，祂並沒這樣做，其中必然自有道理。

既然如此，我們必須設法調整自己，認清耶穌愛的宗教是源自期盼世界末日來臨的思想系統。我們不能用自我模式塑造祂的形象；我們應該做的是將之轉入現代的世界觀裡。這項工作向來都在持續進行，只是始終遮遮掩掩地，直到現在。

不顧經文的原始意涵，我們逕自以我們的世界觀詮釋耶穌的教誨。然而到了今天，卻清楚發現耶穌所言無法順利融合現代的觀念——我們必須從必然性出發，找到適切的詮釋方法，可以讓宗教性的真理也能超越不同的階段。

要怎麼理解呢？就其精神性與倫理性的本質而言，基督教之宗教真諦幾個世紀以來都未曾改變。改變的只是在不同世界觀中所呈現的外部面貌。因此，耶穌之愛的宗教從晚期猶太末世期盼的架構中產生，歷經希臘後期、中古世紀及現代的世界觀；跨越好幾個世紀，但本質都是相同的。無論它被哪個思想系統所詮釋，其實都是次要的；真正關鍵之處在於，此宗教之精神性與道德性的真理從一開始就對人類持續產生重大影響。

不同於直接聆聽耶穌佈道的古人，我們今日並不期盼見到天國在超自然事件中出現。我們所相信的是，只有透過耶穌的精神力量在人心及世間發生作用，天國才會來臨。雖然表面上略有差異，但重要的是，我們也同樣被天國思想所主導，這正是耶穌要求信徒堅守的精髓。

耶穌將登山寶訓中的偉大思想——我們透過愛來認識上帝及歸屬上帝之一切——納入晚期猶太教的彌賽亞期盼。耶穌並未意圖精神化當時對天國及賜福的現實想法；但此愛之宗教的生命自有高度的精神性，像火焰般淨化了所有與它接觸的觀念。基督教透過不斷精神化的過程而進展，這是其必然的命運。

耶穌從未花時間講述晚期猶太教關於彌賽亞及天國的教義。祂所關切的不在信徒如何看待事物，而是他們如何受愛所驅策，因為沒有愛就無法歸屬於神，也不可能進入天國。但彌賽亞的教義仍是當時的背景因素；若非耶穌偶有提及，人們可能早就忘卻了這個前提。由此也可說明，何以世人會長久忽略耶穌愛的宗教乃是以祂生存年代為條件的事實。晚期猶太教以彌賽亞期盼為核心的世界觀，就像個火山口，等待永恆之愛的宗教火焰由此噴騰而出。

對於末世彌賽亞觀念的章節段落，佈道者毋需一再闡述其意涵。傳遞耶穌訊息給現代人，只要讓他們知道耶穌是活在期盼末世與天國的時代就夠了；至於福音本身，佈道者則必須自我說服耶穌話語之原始意義到底為何，並透過歷史性的真理將探索指向永恆。由此歷程，佈道者很快就能明瞭歷史事實可以開啟視野，真切領悟所有耶穌告訴我們的話語。

儘管祂的教誨出自與跟我們截然不同的思想世界，但從史實角度認識耶穌卻不會增添佈道的困難，反倒更加容易，這是我切身的經驗，也得到許多神學工作者的證實。每當我們聆聽耶穌的話語時，都應該進入另一套思想系統，此種道理其實深具意義。執著於既存的世界與人生，將持續使基督教陷入外部化的危機。

期盼世界末日來臨的耶穌福音，讓我們得以脫離直接為天國服侍的繁忙道路；反求內心，以天國精神尋求與塵世分離的真正力量。基督教的本質是對世界進行否定之後的重新肯認。在一種拒斥既存世界、冀望它走向盡頭的思想系統中，耶穌建立出永恆且深具活動力之愛的倫理！

即使歷史性的耶穌在某些地方顯得怪異，其人格特質所產生的影響仍然比教條或批判學界中的耶穌強烈許多。教義中的耶穌缺乏生氣；學界則因過度現代化，反倒貶損了祂的地位。

任何人只要勇於正視歷史上的耶穌，聆聽祂強而有力的訓誨，就不會再質疑看似陌生的耶穌能對自己產生什麼樣的意義。他將了解，耶穌擁有至高無上之權柄主宰人類。對耶穌的真正理解，是要明瞭意志如何對意志產生作用。跟耶穌的真實關係，就是全心歸屬祂。基督徒的一切虔敬行為，只有在將自我意志臣服於耶穌的情況下才有價值。

今日，耶穌並未要求人們由其言論或思想去了解祂是誰。祂不認為有必要讓實際聽聞其言者看清祂人格的祕密，或向他們透露自己是大衛的子孫，未來會以彌賽亞的身分出現。祂所要求的是，信徒無論在思想或行為上已經被祂馴服，得以從這個世界跳脫出來，提升至另一境界，進而分享祂的和平。

研究與思索耶穌的過程，讓我的心靈對上述想法更加確定。因此，在《歷史耶穌之探索》中我以這段話做總結：「就如同當時在湖邊，祂走近那些人，但沒有人認識祂；今日，耶穌也彷彿以沒有名字、沒有身分的陌生者靠近我們。然而，祂的話是相同的：『跟隨我來！』；同時祂也指示我們實現這個時代特有的任務。它是項命令，凡遵循者——無論睿智或愚鈍——都將跟祂共同經歷寧靜與行動、掙扎與苦難，直到他們確切領悟『祂是誰』這個無法言說的祕密……」

許多人在得知我們必須接受耶穌也「會犯錯」之後，感到十分震驚；但這是個事實，畢竟祂所宣稱即將來臨之超自然天國並未實現。面對福音書中清清楚楚的記載，我們又能如何？

如果我們試圖用冒險和詭辯的方式，硬要順應獨斷教義的說法，主張耶穌在任何時地都絕對不會犯錯，這樣真的符合耶穌的精神嗎？祂其實從來沒有宣稱自己是全知的。如同祂曾經對尊稱祂為「良善夫子」的年輕人開示（馬可福音 10:17以下），只有上帝是良善的；對那些視祂如神而絕無錯誤的群眾，祂也會加以指正。進一步揭露塵世歷史之進程及日常生活事務的知識，並不能證明精神真理的知識；兩者分屬不同領域，彼此獨立而不具必然關連。

毋庸置疑地，耶穌的教誨可與晚期猶太教之彌賽亞教義相互契合。但祂不採教條主義式的思考，沒有制定信條。祂從不要求聽眾為信仰犧牲思想。恰好相反！祂囑咐信徒要懂得反省宗教信仰。當聽眾的心靈環繞在彌賽亞的期望當中，祂為其點燃倫理信仰之火。「倫理是宗教的本質」此一真理因耶穌的權威而確立下來。

此外，隨著晚期猶太教末日期盼的破滅，耶穌所教導之愛的宗教反倒可以脫離附著於末世論的任何教條主義。既然鑄造的模子已經損壞，大可自由地讓耶穌宗教依其純粹精神與倫理本質所要求的，在我們思想中形成一股活生生的力量。我們由此辨識出，從古希臘教義代代相傳、經過數世紀虔敬信仰而得以保存之基督教中的深層價值。我們對教會充滿了愛、崇敬與感謝。然而，我們歸屬教會所訴諸的乃使徒保羅所言「凡主精神之所在，便有自由」；我們也深信全心奉獻於基督之愛的宗教，要比死守信仰教條更能為基督教服務。倘若教會真的遵循耶穌精神，就該留有空間容納任何形式的基督信仰，甚至包括要求無限自由的信仰型態。

我的使命是要力促基督信仰坦率地面對歷史真理，與之融合一致，但這確實不是件容易的事。儘管如此，我依然抱持喜樂的心情為此天職而獻身，因為我很確信，所有事物的真理都屬於耶穌之精神。

七　巴哈研究

在撰寫《歷史耶穌之探索》的同時，我用法文完成了一本關於巴哈的著作。先前常聽魏道爾感嘆——每年春天我都在巴黎與他共處好幾個禮拜，秋天時也經常如此——法文的巴哈書籍都只是傳記性的，沒有一本介紹他的藝術層面。因此，我向他承諾會利用一九〇二年的秋假，為巴黎音樂學院的學生寫一篇談論巴哈藝術本質的文章。

先前我在聖威廉教堂的巴哈學會擔任管風琴手時，就對巴哈有些研究，從理論探索與實際彈奏中都有若干心得，現在正好給我一個發表想法的機會，因此這項工作極吸引我。巴哈學會是由厄納斯特．孟許於一八八七年創立；對於巴哈的詮釋，我們經常在一起討論，許多觀點都該歸功於他。赫赫有名的指揮家查理士．孟許正是他的兒子。

假期結束之際，我發現自己雖然費盡心思努力工作，卻還是未能超越舊有的格局。同時，心裡也愈來愈清楚，預計的論文架構勢必會擴充成一本巴哈專書。我勇敢接受了命運的挑戰。

一九〇三至一九〇四年間，我把所有餘暇都花在巴哈研究上。很幸運地，我取得整套巴哈作品全集而使工作輕鬆不少，這套全集在當時非常稀少，價格也相當昂貴。從此，我就不用再到學校圖書館研讀樂譜，省卻很多麻煩，因為我只有在夜晚才撥得出時間研究巴哈。書的取得是透過史特拉斯堡的一家樂商，得知巴黎有位婦人因為贊助巴哈學會而訂購了一整套全集。現在她想把佔據書架偌大空間的這一長排灰色書籍脫手；基於樂見別人享有的心態，她以兩百馬克的離譜低價賣給我。此一鴻運似乎是任務成功的好兆頭。

老實講，著手寫巴哈書籍是極為魯莽的決定；雖然藉由大量閱讀而對音樂歷史及理論有相當程度的理解，但我畢竟未曾以專業的角度來研究音樂。然而，我的計畫並不是要對巴哈及其所處年代提出新的歷史見解，而是以音樂家的身分與其他音樂家談論巴哈的音樂。因此，我決定把著作主題放在過去書籍較少處理的部份，也就是巴哈音樂的真正本質與詮釋問題。至於傳記性和歷史性的面向，則僅以引言的方式處理。

面對如此艱困的任務，我也害怕無法勝任，只能安慰自己不用擔心，撰寫的對象不是巴哈研究中心德國，而是法國——在那裡，這位聖多瑪斯唱詩班指揮的藝術還不為人熟知。

用法文寫書時，我還以德文上課與講道，中間的轉換有些辛苦。誠然，我從小就把法語說得跟德語一樣流利；長大後也依家庭習慣用法文寫信給父母。但德文才是我真正的母語，因為出生地亞爾薩斯的方言屬於德語系統。

我的巴哈作品受益於吉勒甚多，他當時是史特拉斯堡大學的法文講師，對本書手稿的文體風格提出不少建言。他特別強調，法文對語句韻律的要求比德文強烈許多。這兩種語言的差別或許可以如此描述：使用法文，就好像在優雅的公園裡沿著精心照料的小徑散步，使用德文則像在壯麗的森林裡漫遊。文學上的德文因為持續與方言接觸，得以不斷注入新生命；而法文則已失去方言這塊新鮮的土壤。就植根於文學的角度而言，法文語詞無論其意義是好是壞，基本上已經固定完成了；德文則仍然是個未完成的語言。法文的完美之處在於它能以最清晰、最精簡的方式表達思想；德文的優勢則是可由多重面向呈現思想。我認為，法國最偉大的語文創作乃盧梭之《社會契約論》；至於德文作品，包括路德翻譯的聖經及尼采的《善惡的彼岸》都近乎完美。用法文寫作時，早已習慣注意韻律性的語句安排，並力求表達上的簡約，這些態度甚至延伸至我的德文作品。如今透過法文《巴哈》的撰寫，讓我清楚知道自己究竟適合什樣的文學風格。

像所有談論藝術的作者一樣，我必須設法克服用文字表達藝術見解與感受的困難。事實上，當我們論及藝術時，只能用逼近或比喻的方式旁敲側擊，無法精準地闡述。

一九〇四年秋季，我終於可以通知正在威尼斯度假的魏道爾——他一再寫信鞭策我——任務總算達成了。他也立即實現承諾，為我寫序。

這本書於一九〇五年出版，題獻給住在巴黎的大伯母瑪西爾德・史懷哲夫人。要不是她慷慨提供住處，讓我得以在一八九三年認識魏道爾，進而有更多機會與他相處，我根本不可能撰寫巴哈。

此書原本只為填補法國音樂文獻的嚴重不足，沒想到在德國也引起相當大的迴響，被視為對巴哈研究深具價值之貢獻，這讓我十分驚喜。馮・魯普克在期刊《藝術守衛者》中建議應該進行德文翻譯。於是同年秋天，布萊特可夫與哈特爾出版社同意發行德文版。

一九〇六年夏天完成《歷史耶穌之探索》後，我轉而著手於《巴哈》德文版的工作，但很快就發現，要將它直接翻譯成另一種語言是不可能的；為了達到滿意的成果，勢必得重新鑽研書中的原始資料。因此我決定闔上法文本，用德文再寫一本更好的新作品。結果原來四百五十五頁的書，變成了八百四十四頁，這讓書商大感驚愕。新書的頭幾頁是在拜魯特的黑馬旅社完成，當時剛欣賞完精彩的《崔斯坦》歌劇。先前好幾個禮拜嘗試工作卻都徒然無功，這回拜音樂饗宴之賜，懷著興奮的心情從慶典山丘回到旅社，終於成功落筆了。儘管樓下的酒館不時傳來喧譁聲，我卻絲毫不受影響，振筆疾書，直到隔天太陽高掛才停歇。此後，這份工作我都樂在其中，雖然不能隨心所欲持續撰寫，因為還要應付醫學課程、神學授課、佈道活動及巡迴演奏，經常一耽擱就是好幾個星期，但終究還是在兩年之內完成了。

德文版於一九〇八年問世；紐曼精湛的英文翻譯，所根據的即是這個版本。

在對抗華格納的論戰中，反華格納學派訴諸於一種他們認為是古典音樂的理想，亦即「純粹音樂」。對他們而言，純粹音樂排除了所有詩意與描述性的元素，唯一意圖是要創造美好和諧的聲音以臻於絕對完美。他們引巴哈為例——其作品因萊比錫巴哈學會之編纂，才從十九世紀下半葉起受到更廣泛的注目；他們也認同莫札特，但反對華格納。特別是巴哈的賦格，被視為最符合其純粹音樂理想之鐵證。斯畢塔在一部涵蓋面向寬廣的重要作品中——這是第一本詳盡檢視原始資料後寫成的巴哈傳記——即將巴哈描述成此種意義下的典範。

相對於純粹音樂的巴哈，我把巴哈視為音樂中的詩人和畫家。在作品中，他以無比的活力清晰表達出內心情感及描述性的元素。他的主要目標是藉由一連串的聲音描繪圖像。說他是聲音的畫家，要比聲音的詩人更貼切；巴哈藝術與白遼士的距離，比跟華格納更為接近。文本中所言之飄盪的雲霧、咆哮的狂風、怒吼的河流、起伏的波濤、凋零的落葉、敲響的喪鐘、步伐沈穩的堅定信念、搖搖欲墜的薄弱信仰、被人貶抑的傲慢者、受人讚揚的謙卑者、反叛的撒旦惡魔，以及駕乘天國雲彩的天使等等，在巴哈音樂中都同樣可見可聞。

巴哈其實有他自己的音樂語言。在其音樂裡存在一些不斷重複的動機，藉以表達安祥的幸福、鮮活的喜悅、劇烈的苦痛或極致的悲傷。

意圖表現詩性或描繪性概念的衝動，實乃音樂之本質。音樂訴諸聽者創造性的想像，希望在其身上燃起作品原初的情感與視野。但要能達致這種境界，除非使用音樂語言者具有神妙的技能，可將思想以絕佳之清晰與精準展現出來。就這方面而言，巴哈是高手中的高手。

巴哈的音樂兼具詩性和描述性，因為其主題源自詩性和繪畫性的意象。從這些主題出發，作品完成了由一連串聲音搭起的建築。兼具詩性與描繪性的音樂，本質上宛如轉化為聲音的哥德式建築。此種音樂充滿了自然生命，具有奇妙的延展性，形式上又呈現獨特的完美，最偉大之處在於它所流露出的精神。塵世間不安的、渴望和平之靈魂，在品嚐過安詳平和後，藉由音樂讓別人分享其經驗。

為了產生充分的效果，巴哈藝術在表演時必須保持鮮活而完美的彈性。這是非常基本的詮釋原則，但並未被充分認清。

首先，如果用大型管絃樂團及大合唱團來展現巴哈的音樂，就嚴重違反它的風格。清唱劇和受難劇是為二十到三十人的合唱團，以及約略相同數目的管絃樂團而寫的。巴哈的管絃樂不是合唱的伴奏，而是彼此對等的伙伴關係。一百五十人的合唱團根本找不到同等份量的管絃樂團來搭配。因此演奏巴哈音樂時，四十到五十人的合唱團和五十到六十人的管絃樂團應該是最恰當的。各聲部必須挺身而出，清澈且透明地交織出美妙的音網。女低音和女高音的部份，巴哈不用女聲，只用男童的聲音，即便獨唱時亦然；至於男聲，則形成同質的整體。所以我們至少應該安排男童的聲音來輔助女聲，當然最理想的還是連女低音和女高音的獨唱部份，都由男童擔當。

既然巴哈音樂是建築性的，在貝多芬及後貝多芬音樂中對應於情感經驗之漸強和漸弱就顯得不恰當了。在巴哈音樂中，強弱音的轉換只有在強調主要樂句和削弱次要樂句時才具意義；也只有在這種意義的強弱更迭範圍之內，吟誦式的漸強和漸弱才被允許。要知道，如果忽略強弱的差別，整個曲子的結構就被破壞了。

由於巴哈的賦格總以主題開始、主題結束，所以開頭和結尾都不能用輕音。

整體而言，巴哈都被演奏得太快。假定用視覺掌握聲音的線條，過於倉促的音樂會讓聽者陷於混亂；速度太快是不可能有效理解的。

然而，真正賦予巴哈音樂生命力的不是速度，而是樂節段落；它使樂思之流動能以生動的立體感在聽者面前凸顯出來。

很奇怪的是，一直到十九世紀中葉以前，人們都慣用斷奏的方式來演奏巴哈；但後來又走向另一個極端，大量使用單調的圓滑奏。然而，隨著時間的推移，我逐漸領悟巴哈需要充滿生命力的樂節段落。他是從小提琴家的角度來思考的；音符必須有所連結，但同時又彼此分離，這對小提琴的弓法而言非常自然。要把巴哈的鋼琴樂曲彈好，就該以弦樂四重奏的方式來演奏。

正確地使用重音才能獲致正確的樂節段落。巴哈要求對音樂構思中的決定性音符施予重音。每個音樂段落的結構有一個特點，原則上不以重音開始，而是逐步增強。此外，巴哈樂思中的重音並不必然與小節的自然重音一致，兩者各以其方式並行開展。樂思與小節不同重音間的張力，造就了巴哈音樂中一種非常奇特的節奏活力。

以上是演奏巴哈音樂的一些外在要求。此外更重要的是，他的音樂還要求我們修鍊內心，成為沈穩且富靈性之人，這樣才能將隱藏其中的深刻精神充分展現出來。

我所提出有關巴哈音樂本質及妥切之演奏方式的想法，因為適逢其時，所以廣受重視。十九世紀末巴哈全集的出版引發眾人的興趣，音樂界逐漸了解巴哈不是學院派古典音樂的代名詞。人們對傳統的演奏方法產生疑惑，並開始尋找符合巴哈風格的表演方式。但這番新的認識尚未系統化，也無紮實的立論基礎。對巴哈特別關切的音樂家，心中思索過許多觀點，我的著作可說是首度將之公諸於世的；也因此結識了不少朋友。

想起當時書出版不久，就收到許多令人欣慰的信，我的內心充滿喜悅。我所景仰的指揮家摩特從萊比錫寫信給我說，當他準備從慕尼黑前往萊比錫時，有朋友送他這本書做旅途讀物，他在火車和旅館裡一口氣就把它讀完了。過不久我跟他見了面，後來又有好幾次機會共度愉悅的時光。

透過這本書，我還認識了柏林的巴哈指揮家奧克斯，後來變成親近的好友。

羅馬尼亞女王西爾瓦寫了一封很長的信給我，因為我的著作加深了她對巴哈的喜愛，隨後展開一系列的書信往來。最後幾封寄往非洲的信，是她忍受疼痛、用鉛筆費力書寫的；她的手因為風濕而無法再握鋼筆。這位王室好友一再邀請我前往她位於辛那亞的城堡度假，條件是每天為她彈兩小時的管風琴；但我始終未能接受，因為遠赴非洲的前幾年根本沒有時間休假。當我從非洲回家時，她已不在人世了。

八　搶救管風琴

開始習醫前的一九〇五年秋天，我完成了關於管風琴建造的研究，可說是巴哈專書之延伸作品。

承繼自外祖父席林格對管風琴製造的興趣，我還是個小男孩時就已經熟知管風琴的構造了。

十九世紀末生產的管風琴，總給我一種怪異的感覺。雖然被眾人捧為先進科技的奇蹟，我對它們卻一點好感也沒有。記得一八九六年秋天，在首度造訪拜魯特之後，我特別繞道於斯圖加，目的是去參觀該地音樂廳新進的管風琴，各報章雜誌對此樂器已多所報導，讚譽之聲不絕於耳。教堂管風琴手朗格先生——無論在音樂或人品上都出類拔萃——親切地引領我聆賞琴聲。這座樂器縱然廣受好評，但其音色卻有些刺耳；當朗格為我彈奏巴哈賦格時，只聽到一片混濁，無法分辨個別的音。我當下更加確定心中既有的疑慮：現代管風琴在音響方面非但沒有進步，反倒是退步了。

為了充分證明這個事實並找出原因，此後數年我便利用餘暇儘可能地探究各種管風琴，無論是新型或舊型。我也跟所有接觸過的管風琴手及管風琴製造者談論這方面的問題；但他們對我的意見（古老管風琴優於新式管風琴），通常報以奚落與嘲笑。我所撰寫的那本精確說明理想管風琴特質的小冊子，最初也只有極少數人能夠體會。此書出版於一九〇六年，也就是造訪斯圖加後的十年，標題為《德法兩國製造與演奏管風琴之藝術》。我在書中推崇法國的管風琴製法勝於德國，因為在許多面向它都更忠實地遵循傳統技藝。

如果說老式的管風琴優於今日所建造的，經常是因為它安放的位置更好。如果教堂中殿不會太長，最理想的管風琴位置是在入口上方，也就是聖壇的對面。此處居高臨下又無他物阻隔，聲音可以向四面八方傳送。

倘若中殿很長，最好就把管風琴架設在中堂邊牆約一半高度的地方，這樣便能避免回音，不致於破壞彈奏的清晰度。現在還是有許多歐洲的教堂將管風琴如此懸掛，彷若「燕子窩」般往中殿的中央位置突出；史特拉斯堡大教堂即為一例。以此方式擺設，可讓四十音栓的管風琴產生六十管的效果！

今日為了把管風琴盡量造得更大，並儘可能地讓管風琴與合唱團靠近，結果經常導致管風琴被安置到不適當的地方。

如果入口上方之柱廊只夠擺設中型的管風琴，通常為了遷就實務上的方便，讓管風琴可以更接近唱詩班，就把它架設於聖壇。然而放在地面的管風琴，絕對無法產生像高處管風琴那樣的音響效果。聲音從地面的位置擴展時勢必受阻，特別是教堂滿座的情況。真不知有多少原來非常好的管風琴，尤其在英國，因為擺設於聖壇而未能充分展現其音響效果！

另一種讓管風琴與唱詩班靠近的變通方式，是把西邊柱廊留給唱詩班和管絃樂團（如果有管絃樂團的話）使用，而管風琴則放置在後方狹窄的凹處；但如此一來，管風琴的聲音也同樣不能適切地釋放出來。然而對現代許多建築師而言，將管風琴塞進任何一個角落似乎都無所謂。

得助於鍵盤與音管間氣動或電動的連結，近期的建築師及管風琴製造者已經開始克服距離上的困難。現在可以把管風琴的不同部份放在不同位置，卻還同時發出一體的聲音。這樣的技術在美國變得相當普遍，或許某種程度也能矇騙聽眾。然而，要想充分展現完整而壯麗的音響效果，還是得靠統合性的樂器。將未拆解之管風琴，放在聽眾上方的位置，其飽滿的聲響方能流佈整個教堂中殿。

如果教堂夠大，又擁有強勢的唱詩班和管絃樂團，要解決管風琴問題唯一妥善的方法是，把合唱團和管絃樂團都放入原本唱詩班的位置，再由一座小型的管風琴在旁邊伴奏。當然如此一來，大型管風琴的彈奏者就不能同時兼任唱詩班的指揮。

最好的管風琴是在一八五〇至一八八〇年間製造的，當時的製作者本身也都是藝術家，能夠尋求技術上的發展，儘可能地完全實現西爾柏曼及其他十八世紀偉大管風琴製造者的理想。其中最重要的人物是卡瓦葉—科爾，亦即巴黎聖母院和聖許畢斯教堂管風琴的創造者。聖許畢斯教堂的管風琴於一八六二年完成，儘管也有些缺點，但畢竟瑕不掩瑜，是我認為最好的管風琴。直到今天，它的效能依然和當初製成時完全相同；如果能夠好好保養，相信再過兩個世紀也同樣絲毫不減。至於聖母院的管風琴，則因戰爭期間彩繪玻璃窗之拆卸而暴露在險惡的氣候中，導致損害。我有好幾次在聖許畢斯教堂的管風琴旁遇見可敬的卡瓦葉—科爾，他每星期日都會來參加禮拜，直到一八九九年去世。他生前最常講的一句箴言是：「風管與風管的間隔若大到足以讓人在其間轉動，這樣的管風琴便能發出最美好的聲音。」

那段時期製造管風琴的其他代表人物中，我特別推崇北德的拉德加斯特、南德的瓦克爾，以及好幾位如拉德加斯特般受卡瓦葉—科爾影響的英國和北歐名匠。

到了十九世紀末期，打造管風琴的名匠變成樂器工廠的製造商，不隨這條道路前進者終將面臨淘汰。從此，人們對管風琴的關心不再是能否發出良好的音色，而是有沒有具備最現代化的設計能夠有效變換音栓，以及如何以最低的價格裝設最多數量的音栓。這種荒唐盲目的心態摧殘了管風琴美好的古老藝術；原本應該充滿敬意地細心照料並修復這些值得珍藏的藝術結晶，卻反倒用工廠成品取而代之。

最賞識古老管風琴之美感與價值的國家是荷蘭。儘管這些古樂器在技術上有些缺失而導致演奏的困難，但他們的管風琴手並不因此退卻。今日放眼望去，荷蘭各地教堂擁有大大小小的管風琴，經過多年適當的修復，改善技術上的不完美，得以順利保存其優美的音色。現在幾乎找不到其他任何國家，像荷蘭一樣擁有如此眾多璀璨動人的古老管風琴。

我那本小冊子中關於改進管風琴製造方法的見解，逐步受到青睞。一九〇九年在維也納舉行之國際音樂協會的大會中，艾德勒提案並獲通過，首度成立管風琴製造研討小組。在小組中，我跟幾位志同道合的成員，共同擬定一套「管風琴製造國際規約」，終止對純粹技術成就的盲目崇拜，要求重新打造音質悅耳的精美樂器。

之後數年，人們愈來愈能明瞭真正好的管風琴必須結合舊式的優美音質和新式的技術優勢。我那本探討管風琴製造的小冊子，在問世二十二年後得以再版，內容並未更動，被廣泛視為改良管風琴之製作指南；新版增添了有關管風琴製造產業現況的附錄，可說是一個紀念性的版本。

十八世紀的管風琴原已具備里程碑的歷史意義，再加上後來的卡瓦葉—科爾及其他巨匠精益求精而更臻於完美，在我看來其音色已達理想境界；儘管如此，近來還是有許多德國的音樂史家，試圖將典範追溯到巴哈時代的管風琴。然而，我並不認為那是理想的管風琴，只是其先驅而已。它缺乏壯麗的聲響，但這正是管風琴本質性的元素之一。藝術追求的是絕對的理想，而不在擬古懷舊。我們或許可以這樣說：「當完美之物一旦出現，不盡完善者勢必消失。」

雖然眾人已經漸漸領略如何就藝術性的角度製造精良管風琴的簡單道理，不過在實際應用上卻進展得極為緩慢。這是因為今日的管風琴，都是從工廠大量生產。商業利益妨礙了藝術品質。精心打造、高藝術效能的管風琴，往往要比主導市場之工廠產品貴上三成。因此對想提供真正精良成品的管風琴製造商而言，無異是拿身家生計做賭注，實在過於冒險。畢竟很少教堂的主事者能被說服，用可以買到四十音栓的錢去買三十三音栓的管風琴是正確的做法。

有一回，我在史特拉斯堡跟一位愛好音樂的糕點業者談起管風琴及其製造狀況，他對我說：「所以管風琴和糕點的製造情形沒什麼兩樣嘛！現在一般人既不清楚什麼是好的管風琴，也不知道什麼是好的糕點。對於用新鮮牛奶、新鮮奶油、新鮮牛油、新鮮雞蛋、上等動植物油、天然果汁，並且除了糖之外不添加其他成分所製成的糕點，人們已經不記得那滋味究竟如何。他們完全習慣現在盛行的產品——用罐裝牛奶、脫水雞蛋、劣等油脂、合成果汁及各種人工糖分所製成——而且還心滿意足，因為已經沒有其他不一樣的東西可做比較。他們毋需理解品質的真正意涵，只要看起來好就夠了。如果我要販賣過去所賣的那些好東西，顧客便會流失，因為就像精良管風琴的製造商一樣，我會比其他同業貴上三成……。」

藉由管風琴的巡迴演奏，我幾乎跑遍歐洲所有國家，也因此體認我們距離理想樂器之實現還很遙遠。然而這一天終究必須來臨，只要管風琴手強力要求使用製作精良、具有高度藝術品質的樂器，就可迫使製造商放棄工廠性的產品。但問題是，什麼時候理想才能戰勝環境呢？

我奉獻了龐大的時間和精力去追求真正的管風琴。許多夜晚，我的時間耗費在審定或修改別人寄來的管風琴設計圖上；也曾多次旅行，到現場考察管風琴修復或重建的問題。我還寫過好幾百封信給主教、院長、宗教評議會長、市長、牧師、教堂委員會、教會長老、管風琴製造者及管風琴樂手等人，試圖說服他們應該修復精良的古老管風琴，而不是用新式的成品取代；並力勸他們要考量音栓的品質而非數量，把增添不必要之音栓變換的設備經費，改來選購以最好材質製成的風管。不知經過了多少信件、多少旅程以及多少談話，終究還是徒勞無功，因為主事者最後都決定採用工廠生產的管風琴，畢竟它們在宣傳紙上的規格說明是多麼地誘人啊！

最艱困的奮鬥是為保存舊式管風琴而奔走。為了讓對方撤銷古老管風琴的死刑，我不知費盡多少唇舌！這些古老樂器其實是美好且應該被保存的，當我不斷鼓吹此種論調時，有多少管風琴手報以懷疑性的嗤笑——就如舊約聖經中高齡的撒拉聽聞自己還會再有子嗣之後的反應一樣——因為他們對這些老舊殘缺的管風琴根本看不上眼。又有多少原本是朋友的管風琴手，因我阻礙其汰舊換新的計畫而翻臉成仇！此外，我也不厭其煩地勸說他們，為維持音響品質，得減少幾個原定的音栓數量。

直至今日，我還得無助地看著一座座高貴的古老管風琴被不斷改造與擴充，原來的美感蕩然無存，只因為它們的力道不符合現代人的品味。有時我還親眼目睹這些樂器被拆解，取而代之的竟是高價購買的工廠劣質品！

我所搶救的第一座古老管風琴，是史特拉斯堡聖多瑪斯教堂裡由西爾柏曼製造的優質樂器——那可真是一件艱難的工作啊！

朋友這樣描述我：「他在非洲拯救老黑人，在歐洲救的則是老管風琴。」

建造巨型的管風琴，在我看來是一種現代的精神疾病。管風琴的大小應該視教堂中殿的需要及預留的空間而定。一座真正好的管風琴，如果放在一定的高度且不受任何阻擋，只要七、八十管就足以瀰漫最大的教堂。當被要求列舉世界上最大、最好的管風琴時，我通常都會回答：就所聽所聞，最大的管風琴有一百二十七座，最好的有一百三十七座。

我對演奏會用的管風琴，不如教堂管風琴那般關切。在音樂廳中，即便最好的管風琴也不能充分發揮效果。擠滿音樂廳的群眾會讓管風琴失去音色的光彩與充實感；再加上建築師通常都把音樂廳的管風琴隨便塞入一個方便的角落，因而在任何狀況都發不出適切的聲音。管風琴需要的是石造圓頂建築的空間，如此就算人群匯集也不致於有窒息的感覺。音樂廳中的管風琴，並不像教堂管風琴具有獨奏樂器的特性；其任務是要伴奏或增補合唱團及管絃樂團的不足。作曲家將管風琴與管絃樂團合用的情形，在未來一定比過去更為頻繁。這種使用方式，可以從管絃樂團獲得光彩亮麗、柔軟靈活的聲音，而從管風琴得到充沛飽滿之聲。就技術層面的意義而言，管絃樂團加上管風琴可確保長笛般的低音，也因此前所未有地產生一種在性質上能與高音相呼應的低音部門。

在音樂廳中與管絃樂團一起彈奏管風琴，是件非常愉悅的事情。不過如果必須在這樣的場所獨奏管風琴，我會試著不把它當作一般世俗的演奏樂器。藉由曲目的安排及演奏方式，試圖將音樂廳轉變為教堂。但無論在教堂或音樂廳，我最喜歡的都是合唱團之引入，如此就能讓演奏會變成一種禮拜儀式；先由管風琴彈出讚美詩的序曲，緊接著合唱團便直接唱出讚美詩來回應。

由於管風琴具有連貫性的音色，要持續多久就持續多久，讓人感受到一種永恆的因素。即使在世俗的場所，也不可能變成一般世俗性的樂器。

我得以欣見教堂管風琴之理想雛形在某些現代的管風琴上大抵實現，要歸功於亞爾薩斯管風琴製造者黑爾普夫的藝術才華——他從西爾柏曼製作的管風琴中擷取許多靈感——以及幾位教會負責人的好眼光，他們願意接受我的遊說，用既有的經費購買品質最優、而不是體型最大的管風琴。

基於自己對建造管風琴的實際興趣，我四處奔忙操煩，有時也會後悔為何一頭栽入這個泥淖。之所以沒有放棄，是因為在我心中，為好的管風琴奮鬥也是為真理而戰的一部份。每當星期日，我想到高貴的管風琴正在或此或彼教堂中鳴響時——它們因為我的搶救而未被劣質樂器所取代——就會覺得三十多年來為製造管風琴所付出的所有時間與辛勞，都已獲得豐厚的報償。

九　決心成為叢林醫生

一九〇五年十月十三日，我把幾封信投進巴黎大軍大道的郵筒裡；信件是寄給雙親和最親近的好友，告訴他們為了日後前往赤道非洲行醫，我決定從冬季學期開始研讀醫科。還有一封信是提交辭呈，因為課業勢必佔去很多時間，於是辭去聖多瑪斯神學院威廉宿舍的主管職位。

這個計畫已盤旋心中許久，可以遠溯自學生時代，如今希望能夠順利實現。我一直無法接受自己過著幸福快樂的生活，卻眼見周遭許多人在悲傷與痛苦中掙扎。中小學時，每次看到同學悲慘的家庭環境，便不禁拿來與我們這些鈞斯巴哈教區牧師小孩的優渥條件相比，內心總有一番激盪。到了大學，慶幸自己能夠繼續深造，甚至還在學問和藝術上有所成就；享受這一切之餘，我也忍不住繫念他人，因為物質條件或健康因素而被拒於幸運大門之外。

一八九六年的降靈節假期，我回到鈞斯巴哈家中。一個明亮的早晨，我從睡夢中醒來時忽然有種想法：我絕不能視好運為理所當然，必須奉獻予以回報。

窗外鳥兒歡唱，我反覆思索，起身前得到結論：三十歲之前致力於學問和藝術是合理的；但過了三十，我就要獻身直接服務人群。耶穌曾說：「凡要救自我生命的，必喪掉生命；凡為我和福音喪命的，必救了生命。」我曾幾度追究這番話語背後蘊藏的真義卻不得其果；如今終於找到答案了，從此我不僅擁有外在福祉，又增添了內在的幸福。

我當下並不清楚未來的行動是什麼性質，留待機緣來指引。只有一件事是確定的，那就是必須要直接為人群服務，無論實際工作場域是多麼不為人所知。

一開始想到的，自然是在歐洲行動。我曾擬定計畫，想收養並教育被遺棄或被忽視的小孩，然後要求他們將來必須以同樣方式幫助相同處境的孩子。一九〇三年接任威廉宿舍主管，有幸搬至聖多瑪斯學院二樓充滿陽光的寬敞房間；當時便覺得自己有立場可以開始進行這項試驗。我四處尋求合作，試圖提供協助，不過卻都未能成功。根據照料貧困和被遺棄孩童的組織法規，沒有任何條款允許志願者的介入。舉個例子來說，當史特拉斯堡孤兒院燒毀時，我向院方表示願意暫時收養幾個男孩，但甚至連話還沒講完就被回絕了。在別處也有類似的嘗試，結果都一樣徒勞無功。

有段時期，我考慮過將來要把自己奉獻給流浪漢和出獄的受刑人。為此計畫做準備，我參加了聖多瑪斯教堂恩斯特牧師剛創辦的事業。每天下午一點到兩點，他在家接見任何求助或求宿之人。其做法並非立即給申請者一筆錢，或者是讓他們苦苦等候直到身家資訊被完全確認。他的方法是，當天下午就到申請人的家中或庇護處所拜訪，了解確實的情況，再依其需要給予所有必要的協助。為此，我們騎著腳踏車在城鎮與郊區間不知來回奔波了多少趟，卻經常發現求助者留下的住址根本查無此人。不過也有很多案例，讓我們有機會在明瞭申請人的實際情況下，提供適切的幫助。我同時感念許多朋友慷慨解囊，支援這類善事。

學生時代我參加「聖多瑪斯團契」，積極投入社會服務。這是個學生組織，開會地點就在聖多瑪斯學院。每個成員分派一些窮困家庭，每星期都要去拜訪，提供協助，並回報他們的處境。資金來源是向史特拉斯堡支持此項事業的古老家族募款而來；募款基金從幾個世代前就開始，現在則由我們承繼下來。如果沒記錯的話，一年兩次，每個成員必須募得一定數目的款項。對於生性膽怯又不善交際的我而言，這真是一大折磨。籌募經費在日後事業上的需求更為頻繁，現在可說是種預備性的經驗；不過自己有時也確實顯得太過笨拙。經過一番磨練，我學會態度上的沈穩與機靈，要比其他攻擊性強的魯莽作風來得有效，並且募捐的正確方法還包括親切平和地接受拒絕。

不可諱言地，由於年輕及缺乏經驗，儘管意圖良善，也經常無法將托付給我們的錢做最明智的使用。然而，捐款者卻少有抱怨，因為其冀望之目標已經實現——年輕人應該奉獻自己，服務窮人。他們能夠如此體諒與寬容我們的努力，我真是深懷感激；也希望更多學子有此殊榮成為對抗貧窮的新兵。

當我為無家可歸者和出獄罪犯奔走操煩時，深刻體認到要能有效幫助他們，必須靠許多個體的積極投入。然而我也同時明瞭，這些個體在很多情況必須與正式的組織團體合作才能達成任務。但我想要做的，是種絕對個人、完全獨立的行動。

雖然如果有需要，我也願意將我的服務交由某個組織掌理；不過心中從未放棄，希望能找到純然由個體自由發揮的慈善工作。這份深沈的渴望終究得以實現，實是上天賜給我的一大恩典。

一九〇四年一個秋天的早晨，我在宿舍的寫字桌上發現一本綠色封皮的雜誌，報導巴黎傳教士協會每月活動的消息。有位雪德琳小姐經常把這份雜誌給我，因為她知道我對該協會特別關心——年輕時父親曾在教會禮拜中朗讀協會第一代傳教士卡薩里斯的一些信件，令我印象深刻。

我不經心地隨手翻閱前晚擱在桌上的這本雜誌；正當我準備轉頭工作時，突然注意到一篇文章的標題〈剛果傳教團之所需〉（《傳教福音月刊》，一九〇四年六月），由亞爾薩斯人波格納所寫。他是巴黎傳教士協會會長，撰文訴說傳教團人手不足，無法前往剛果殖民地北方的加彭省推展事務，希望呼籲一些「主的眼光已落其身之人」，趕緊下定決心投入這項迫切的工作。文章結論是：「無論男女，凡對主的召喚能簡單回答：『主啊，我來了』的人，就是教會所需之人。」讀完這篇文章，我平靜地開始工作；知道先前的摸索已經結束。

幾個月後是我三十歲的生日，當天盤算未來的方式就如寓言所述那般：「想建一座塔，先逕自計算完成所需之成本，而不論是否有足夠的建造工具」；思量結果是決心到赤道非洲實現直接服務人群的計畫。

除了一位值得信賴的朋友，沒有人知道我的意向。然而，當我從巴黎寄出信件表明態度後，勢必得跟親友們展開艱困的搏鬥。他們責備我的主要理由不在事情本身，反倒是未能信任，先與他們商討這項決定。接下來的幾個禮拜，我被這些枝微末節的問題搞得焦頭爛額，著實叫人難過。尤其神學界朋友的抗議竟然比其他人更為強烈，這讓我百思不解，因為他們佈道時一定都曾引述聖保羅寫給加拉太人的一段精彩文字——其中應該蘊含了非常深遠的道理——在他知道要為耶穌做事之前，「並未與任何血肉之身商量」。

也有親朋好友指摘非洲之行的計畫愚蠢至極。他們認為，我等於是埋沒了自己的天賦，試圖拿貨真價實的物品去兌換偽幣。我應該把非洲蠻荒地帶的工作，留給那些毋需放棄學術成就及藝術天賦的人去做。愛我如子的魏道爾嚴厲斥責我的行徑，就好像一個將軍堅持要執槍親赴火線（當時還沒有戰壕的觀念）。一位充滿現代精神的女士試圖證明，藉由演講為非洲尋求醫療支援，要比我親身行動來得有效的多。她表示：歌德《浮士德》中的格言「一切源頭在於行動」已經過時，今日取而代之的應該是「宣傳乃事件之母」。

在許多激烈的爭辯當中，我驚奇地發現那些被認為是基督徒的人竟然無法參透，為耶穌宣揚的愛而奉獻服務的渴望可能引人進入全新的生命歷程；儘管他們曾在新約聖經讀過這種論調，而且當時也覺得很有道理。

我原本以為，熟悉耶穌話語可以對一些就世俗邏輯而言並不合理的事情有更深層的掌握。但事實上，有好幾次因為訴諸耶穌之愛的命令，它要求在特殊情境實現而我必得服從，這讓我飽受自以為是的批評。有這麼多人認定有權扯開我內心的門窗，真讓我吃足了苦頭！

大抵而言，無論要他們看清我所受的傷害，或讓他們明白我下定決心的想法，皆是枉然。他們認為背後必定另有原因，猜想我可能因為專業生涯發展緩慢而感到失望；但這完全沒有根據，畢竟年紀輕輕的我已經獲得別人通常要奮鬥一生才能享有的名聲。另外也有人臆測，愛情不遂是影響我決定的理由。

相較之下，有些人並未嘗試探究我的內心世界，只將我視為頭腦不清的年輕人嘲弄一番，這反倒是仁慈的做法。

親友們強力質疑計畫的不合理，我認為也是十分自然的事情。畢竟理想主義者必須審慎評估自己的觀點，不能過於浪漫；我很清楚，在杳無人跡之路冒險，即便狀似可行，也只有特殊情況下才可能成功。然而就我的案例而言，這項冒險合情合理，因為我深思熟慮已久，從各個面向仔細評估，自信擁有健康的身體、健全的精神與活力、豐富的實務常識、堅韌審慎之性格、簡樸寡慾之心，以及其他所有實現此理想的必備條件。更甚者，我的內在剛毅不屈，足以忍受計畫的失敗。

做為一個獨立行動者，許多打算從事類似冒險的人會前來徵詢我的意見與忠告；但只有相對少數的個案，得到我積極的鼓勵。我經常必須辨識「想做點特別之事」的需求，是否只出於不安的靈魂。這些人之所以想投入更大的事業，往往是因為周遭事物無法滿足他們。並且很明顯地，不少人的動機都來自於非常次要的考量。只有那些在任何工作上皆能發現價值，並對自我奉獻有充分體認的人，才有權利選擇與眾不同的任務，而非遵循一般道路。也唯有那些把自我選擇視作理所當然、平凡無奇，不帶任何英雄主義，只以誠摯熱情承擔義務的人，才能成為世界所需之精神拓荒者。沒有所謂的行動英雄——只有克己勞苦的英雄。這樣的人其實不少，但絕大多數都不為人所知；而且即使是為人所知，也只被少數人而非大眾認識。

卡萊爾所著之《英雄與英雄崇拜》，並不是一部深刻的作品。

某些人曾經感受過一股動力，也確實具備獻身於獨立活動的能耐，不過大部分都受環境因素的影響而被迫放棄。他們通常有家眷必須撫養，或者非得仰賴原有事業來維持生計不可。今日，只有因為自己努力或朋友資助而能擺脫物質牽絆的人，才有機會冒險承擔這種個人化的任務。

昔日情形並不如此嚴重，因為一般人即使放棄報酬性的工作，也仍然有希望靠其他方式過活；但現在的經濟條件十分險峻，任何人要擔負這樣的使命，可得冒著物質與精神兩頭落空的龐大風險。

藉由觀察和經驗我得以知道，確有才德兼備之人因為環境不允許，而必須放棄原本可對世界造就極高價值的獨立活動事業。

能夠開展獨立行動生命的人，應該秉持謙卑的精神好好把握這個天賜良機。他們必須時時想到那些具有同等意願與能力卻無良好境況可以做相同事業的人；必須虛懷若谷地鍛鍊自己的意志與決心。在找到可以實現內心渴望的道路以前，他們幾乎總得不斷尋索與等待。如果從事創造性活動的時間可以比探索與等待來得長，那是何等的幸運啊！如果能夠真誠完整地奉獻自己，那又是多麼幸運啊！

被揀選之靈魂一定要謙卑，才不致於被眼前阻礙所激怒，反而能將之視為不可避免的挑戰，安然接受。決心行善者不該期盼別人替他移開絆腳石；即使別人再為他多加幾塊上去，也必須處之泰然。面對障礙反而更為堅強的力量，才有可能贏得勝利；只知怨艾抗拒者，不過是白白耗損力量而已。

人類實現理想的願望，只有極小部份得以彰顯於公眾活動。剩下之行動力量都表現在小規模及不受矚目的事業上。然而，這些微小行動的價值總和，卻遠比眾所矚目的活動強過千倍。後者之於前者，就好比深海表面所激起的浪花。

在那些無法完全自我奉獻而必須將服務人群當作副業的人身上，依然可見良善之隱藏力量的活躍。他們絕大多數必須工作賺錢，養家餬口，因而在社會上尋求一個職位，從事不能施展抱負的行業，或多或少浪費了其人性本質。這個問題是出在勞力日趨精密的專業化與機械化，倘若社會願意讓步，改變其經濟進展之計畫，或許能夠得到部份解決。但真正關鍵的是個體本身不能消極地向命運低頭，而應該透過精神上的激勵，擴展所有能量顯現自我人格，哪怕外在條件如此橫逆。

任何有職業生涯的人，也可以挽回自己做為人的生命，只要積極掌握每一個機會，無論它是如何卑微，以實際行動對需要幫助者付出人道關懷。如此一來，便同時服侍了宗教與良善的目標。沒有任何事物可以阻擋我們在正業之餘，直接為人群服務。事實上，很多機會的流失都是因為我們未能好好把握。

每個人都應該在自己的境遇當中，努力為他人服務，實踐真正的人性。世界之未來正端賴於此。

我們錯失良機，才讓美好的價值消逝無蹤；但是若能將這些理想價值轉化為意志與行動，就形成不可低估之精神財富。人性絕非唯物主義式的，一如某些人傲慢地宣稱。

就我對人類的了解來判斷，我相信純粹唯心式的渴望遠比表面所見來得多。這就好比地面上的河水少於地底下的溪流，人類蘊藏內心完全或幾乎未顯露之理想主義也遠勝於已經展現出來的。眾人正引頸期盼有為者能夠解開束縛，將地下之水引往地表。

對於我的計畫，朋友們感到最不合理的是，我想以醫生的身分前往非洲，而不是去當傳教士。已經三十歲的我，還得承擔既漫長又辛苦的學習歷程。我從不懷疑這種學習需要付出極大努力，心中也為未來數年感到惶恐焦慮。然而，讓我決定選擇醫療服務的理由，其份量之重足以使得其他權衡考量輕如塵土，不值一顧。

我想當個醫生，是因為不需要多說話也能工作。多年以來，我靠言語奉獻自己；先前跟隨召喚接受了神學教師和牧師的職位，對此我也滿懷喜樂。不過接下來的新活動，形式上不再是宣揚愛的宗教，而是用行動去實踐它。醫學知識能讓我有機會以最好、最完善的方式實現內心的意向，不管這條服務道路最終將把我帶往何處。

既然選擇了赤道非洲，獲取醫學知識顯得格外適切，因為根據教會的報導，我計畫前往的區域最迫切需要醫生。在實地報告與雜誌採訪中，傳教士經常因為無法幫助忍受劇烈病痛的非洲人而感到懊悔。這讓我興起研習醫科的強烈動機，希望有一天能成為這些可憐人熱切需要的醫生。每當覺得必須犧牲的時間未免太長時，我就提醒自己：哈米爾卡和漢尼拔在準備進軍羅馬前，也先費盡好一番工夫與時間征服西班牙。

另外還有個原因，讓我似乎注定非成為醫生不可。據我對巴黎傳教士協會的了解，我很懷疑他們會以傳教士的身分接納我。

十九世紀初，為了將福音傳到異教世界，最早成立協會的是虔信派與教義派的人士。差不多同時，自由派基督徒也開始明瞭到遠方傳播耶穌教義的必要。不過就實際行動而言，教義派搶得了先機。這是因為其組織活躍於主流教會之邊陲地位，反倒不受束縛，可以率先實現自己的獨立行動。同時，自由教派雖然強勢，但在教會中卻有內在的治理問題。此外，虔信教徒關於「拯救靈魂」的思想，也讓他們在傳教工作上的動機比自由教派更為強烈。對他們而言，福音最重要的意義是它代表了一種力量，可以重生個體道德、改善人類處境。

由虔信派與教義派主導的傳教組織開始活動之後，立即獲得自由教派中認同傳教理念者的大力支持。有好長一段時間，自由派都相信不需要成立自己的傳教團，只要加入現有的組織就可以了，所有新教徒終會攜手合作的。然而，這是錯誤的想法。事實上，他們接受了自由教派的一切物質援助——我的父親及其亞爾薩斯之同事，不知為這些信仰理念大不相同的傳教組織做過多少事！——但絕不會派遣未能接受其教義主張之傳教士。

由於自由教派長期以來沒有組織傳教事業，結果讓大家誤以為他們不了解其重要性，或者根本沒有作為。後來終於成立了屬於自己的團體，希望能有一個以新教教會為名的傳教活動，但卻為時已晚，願望還是落空了。

有趣的是，我總發現這些傳教士自身的思想要比其組織幹事更接近自由派。當然，經驗告訴他們，處在遙遠國度，特別是穿梭於原住民間，原本困擾歐洲基督教之教義派對抗自由派的問題已不復存在。在那裡，真正重要的是，好好宣揚「登山寶訓」中所傳遞之福音精髓，引領人們走進耶穌的精神王國。

巴黎傳教士協會特別引起父親的共鳴，因為他認為它比別的團體更具自由氣息。其中尤其欣賞卡薩里斯及其他一些主要傳教士，在撰寫報告時不以糖衣般的甜美語詞包裝，而是用單純語言直接闡述基督徒的心境特性。

然而，當我提出服務申請時，立刻明瞭——而且是非常清楚地感受到——正統教義在巴黎協會主管部門所扮演的角色與他處並無兩樣。親切的傳教團團長波格納知道有人響應其誠摯呼籲，願意參與剛果地區的傳教活動，自然深表感動；不過他立即向我透露，委員會成員一定會對我的神學立場提出強烈的反對意見，這點必須先加以克服。當我保證自己「僅以醫生身分」加入時，他才得以卸下心中重擔；但是沒多久，他又必須通知我有些委員仍持反對立場，無法接受這樣的醫生出使任務——對他們而言，我只認同基督宗教特殊意義的愛，卻不堅守正確的教義。然而，距離成行的日子還很遙遠，我們兩人都決定別在事前過於憂慮，因為反對者還有好幾年要等，說不定在這期間他們會獲致真正基督徒的理解。

毋庸置疑地，瑞士的福音傳教聯合會比較自由，無論我以傳教士或醫生的身分，應該都會毫不猶豫地被接納。但是我覺得自己是受到巴黎傳教士協會雜誌的文章所召喚而前往赤道非洲，至少應該先嘗試參與該協會在當地的傳教活動。我也好奇地想要知道，一個傳教組織是否真會自以為是地僭越權利，拒絕醫生進入其教區為受苦的民眾服務，只因為在他們眼中這個醫生不夠正統。

不過，撇開這種種是非，現在我已經開始研習醫學，每天的工作與焦慮壓得我喘不過氣，實在沒有時間和精力去擔心未來會發生什麼事情。

十　醫學研究：一九〇五—一九一二

當我去見醫學系主任菲林教授，打算進入醫學院就讀時，他的想法是最好把我轉交給精神科的同事。

一九〇五年十月底的某日，在濃霧迷濛的天氣中，我出門去上第一堂的解剖課。然而，此時還有一個待解的法律問題：我不能在大學教書的同時，又註冊成為該校的學生；但若只以旁聽生的身分去上醫學課程，根據法規又不能參加考試。行政部門的人員友善地幫忙解決困難，他們將醫學教授給我的上課證明視為具考試資格之有效文件。至於教授方面，基於同事之誼，他們決定讓我得以不付學費參與所有的課程。

臨床前的五個學期中，指導過我的教授包括：教解剖學的史瓦布、威登瑞希和弗赫斯；教生理學的霍夫麥斯特、艾瓦德和史比羅；教化學的提勒；教物理的布勞恩和寇恩；教動物學的哥特；以及教植物學的索姆斯和約斯特。

從此開始好幾年不斷與疲累奮戰的日子。教書和佈道的工作，我都無法放棄。因此，在修習醫科的同時，我還得準備神學授課，以及幾乎每星期日都有的佈道禮拜。而習醫之初，神學課程的負擔特別沈重，因為那時我正開始處理保羅教義的問題。

在管風琴方面，我也比以往付出更多的心力。這是因為巴黎巴哈學會（由布雷特、杜卡斯、佛瑞、魏道爾、吉爾曼特、丹第和我於一九〇五年成立）的指揮布雷特，堅持所有音樂會中管風琴的部份都要由我負責。所以，那幾年的每個冬天，我都必須往返巴黎好幾次。儘管只需參與最後的練習，而且表演結束後當晚就能返回史特拉斯堡，但是每次演奏會仍要耗費我至少三天的時間。許多聖尼古拉教堂的佈道講稿，都是我在往返巴黎和史特拉斯堡間的火車上草擬的！

另外，我也在巴塞隆納的奧菲歐．卡塔拉音樂廳，為巴哈音樂會演奏管風琴。整體而言，我比從前更常在演奏會中彈琴，這不只是因為近年來我已經成為知名的管風琴手，也因為少掉了神學院宿舍主管的那份薪餉，迫使我必須尋找其他的收入來源。

經常到巴黎旅行，提供我很多機會跟歷年來在此結識的好友會面。其中認識最深的是敏感且具音樂天份的芬妮．萊納赫女士（她是著名學者提奧多．萊納赫的妻子），以及歐吉妮皇后的朋友、伯爵夫人梅蘭妮．波特利，也就是溫特哈爾特名畫中站在皇后身旁的那位。伯爵夫人在史特拉斯堡附近有鄉村別墅，我經常在那兒見到她的朋友梅特妮西－桑德公主，拿破崙三世時代奧國駐巴黎大使的夫人。華格納能在有生之年於巴黎歌劇院中欣賞自己的作品《唐懷瑟》，該感謝的人就是她。在一場舞會裡，夫人說服拿破崙三世答應將該劇列入演出名單當中。在她略顯時髦的外表下，內心充滿偉大的智慧與仁慈。從她那兒，我得知許多華格納在巴黎的趣聞以及拿破崙周遭人物的軼事。然而，直到我在非洲收到她的來信，才真正感受到這位非凡女性所顯露出的溫暖靈魂。

在巴黎時，我也經常與一位亞爾薩斯的教師赫倫史密特小姐碰面。

第一次見到奧菲歐．卡塔拉音樂廳的指揮米勒，便被這位具有豐富思想的一流藝術家所吸引。透過米勒，我見到了著名的加泰隆尼亞建築師高第。當時他正忙於建造那座獨特的聖家堂，才剛完成雄偉的大門，以及矗立其上的高塔。一如中世紀的建築師，高第從一開始便充分了解，這棟建築需要好幾代的時間才能竟其功。我永遠不會忘記，他在教堂旁的工棚內，以宛如其同鄉雷蒙．盧爾*附身的口吻，向我介紹其建築設計如何表現神聖之三位一體的神祕理論。他說：「這是不能用法語、德語或英語來表達的，因此我將以加泰隆尼亞語來說明，雖然你不懂這種語言，但必能領略我的意思。」

當我端詳大門入口處的石雕圖像《逃往埃及》，驚嘆著那背負重物舉步維艱的驢子是多麼栩栩如生之際，他說：「你了解藝術，所以可以察覺這裡的驢子不是憑空創造出來的。石上所有形像都不是虛擬的想像，他們呈現的模樣就如我真實所見：約瑟夫、瑪利亞、小耶穌及寺院僧侶；我從見過的人中挑選出來適合的面孔，當下做成石膏模型，然後再雕刻上去。至於那隻驢子，則是件困難的工作。當大家知道我為《逃往埃及》尋找驢子時，他們把巴塞隆納最好的驢子都牽到我面前；但是卻毫無用處。瑪利亞和小耶穌騎的並不是一頭威武強壯的動物，而是一隻可憐、衰老又疲憊的驢子，牠還必須有慈祥的面容，以及洞悉周遭一切的表情——這才是我要找的。最後，終於在一個賣砂石的婦人馱車前找到了，牠低垂的頭幾乎要碰到地面。我花了一番工夫才說服主人將牠帶來。在巴黎，我按照這隻驢子的模樣一點一滴慢慢做出石膏模型；牠的主人不斷哭泣，以為驢子就要活不成了。這就是《逃往埃及》裡的驢子；之所以能感動你，是因為牠來自真實的生命，而不是想像出來的。」

在學醫的頭幾個月中，我還一面撰寫關於製造管風琴的論文，以及《歷史耶穌之探

---

* Ramón Llull（1232-1316）：加泰隆尼亞的神祕主義者及詩人。

索》的最後一章。辭去神學院宿舍主管的工作後，我就得搬離從學生時代開始一直居住的地方。這些年來，我經常在工作思考時對著庭院圍牆內的大樹喃喃自語，如今要向它們告別實在有些不捨。不過，當我知道自己可以住進聖多瑪斯參事會的大房子時，真是喜出望外。弗烈德利希．庫爾丘斯原本是柯瑪教區的負責人，後來被亞爾薩斯牧師團選為亞爾薩斯路德派教會的會長，因而擁有參事會的大官邸。他挪出頂樓的四個小房間供我使用，我因此能繼續生活在聖多瑪斯教會的庇蔭之下。一九〇六年下著雨的聖灰瞻禮日，學生們把我的家當從聖多瑪斯河畔的一個房門搬出，然後再搬進另一個房門。

能像家庭一份子似地隨意進出庫爾丘斯的家，實在非常幸運。庫爾丘斯的父親是柏林知名的希臘學者，其夫人則是腓特烈大帝妹妹、巴頓女大公之家庭教師的女兒。這個家庭融合了知識貴族與血統貴族的傳統；其精神核心為高齡的厄藍區伯爵夫人——出身於紐夏泰爾地區的杜梅伯爵家族。她熱愛音樂，但此時的健康狀況已經不允許她出門聆聽音樂會。多少為了彌補這個損失，我經常在晚上為她彈奏一個小時的鋼琴。也因此對她有較深的認識；否則她是極少與外人見面的。這位與眾不同的高貴夫人逐漸影響我，柔和我性格中的許多稜角。

一九一〇年五月三日，一個名叫溫契爾斯的飛行員，無預警地首度由史特拉斯堡—

紐多夫的閱兵場飛過史特拉斯堡上空。這時我正巧在老夫人的房間，攙扶著她——她已經無法再自行移動了——走到窗邊。當飛機低飛過屋前並消失於天際時，她用法語對我說：「我的一生真是奇妙啊！曾經與洪堡討論過去分詞的規則，現在又親眼目睹人類征服了天空！」

夫人與兩位未婚女兒同住，名叫艾達與葛蕾達，她們從母親那裡遺傳到繪畫的天分。當我還是神學院宿舍主管時，曾將公務住所一個朝北的房間讓給艾達作畫室。當時，她是法國名畫家亨內爾的學生。在她母親的要求下，我還曾擔任過她的模特兒；寄望藉由重提畫筆，幫助她從重大手術中復原——手術是為了舒緩她所罹患的一種非常痛苦的不治之症。這幅畫像在我的三十歲生日當天完成；當最後一次坐在那裡讓她作畫時，她對我激動不已的心情一無所知。

老夫人有個叔叔在荷蘭殖民地官署服務了好多年，從來不曾得過熱病。他歸結的原因是，即使身處熱帶地區，日落之後他也從不光著頭出門。我答應夫人為了紀念她，我將遵循同樣的規則。就因為她的緣故，經過赤道地區炙熱的白晝後，我還是放棄了讓晚風吹拂頭頂的樂趣。然而，遵守諾言對身體真有奇效。我確實未曾受到瘧疾的侵害，雖然這種疾病的成因絕對不是因為在熱帶地區日落之後不戴帽子！

一九〇六年春天，在我完成了《歷史耶穌之探索》並辭去神學院宿舍主管職務之後，我才有足夠的時間專注於新的課程。但這時，我又把熱情投注在自然科學上。這是我中學時代最感興趣的學科，現在終於有機會可以仔細研讀；也就是說，我終於能夠獲取我所需要的知識，為哲學扎下根基，產生更踏實的感覺！

研究自然科學對我的助益遠超過我所渴望的。那是種智識上的體驗。在我向來關注之所謂人文學科當中，不存在任何足以自我證明的真理，被歸為真理者通常都只是個假設——我覺得這其實是一種危機。舉例來說，在歷史哲學的領域探尋真理，總不免陷入現實感與創造力間無止境的拉距。以事實為根據的論述，在面對巧妙鋪陳的意見時，從不曾獲得決定性的勝利。有多少次被視為「進步」的情況，其實是精巧議論長期壓制事實真相所致！

一遍又一遍地看此戲碼不斷上演，還必須以各種方式應付對現實失去感覺的人，令我相當沮喪。現在我卻突然進入另外一個境地：面對的是以事實為基礎之現實界中的真理，而且與我共事的伙伴都認為，論述前必先提供證據是理所當然的。我覺得這是對自身智識發展不可或缺的經驗。

儘管處理能被精準測定之現實事物讓我欣喜著迷，但我並不像許多抱持同等立場的人那樣，對人文學科有任何輕視的態度。相反地，透過化學、物理、動物學、植物學和生理學的研究，我比從前更能領悟，除了由事實建構的真理之外，思想中的真理也是合理且必要的。當然，經由心靈創造活動而產生的知識，多少都帶有主觀性；但是這樣的知識，比僅僅立基於事實的知識具有更高的境界。

觀察各類存在形式而產生的知識，永遠都無法完整、無法令人滿意，因為我們不能因此就能為幾個根本問題提供明確的答案：我們在宇宙中的地位如何？我們存在於宇宙的目的是什麼？只有在個別生命中親身體驗到主宰與支配我們的宇宙生命，才有可能知道自己的存在地位。要理解外在生命存在的本質，唯有透過自我內在之生命。對於普遍性存在的省思，以及普遍存在與個人存在之關係的知識，正是人文學科所致力探討的。最終獲致之結論應該由創造性心靈中的現實感來判定；而現實知識也必須經歷一段對存有本質的思考。

一九〇八年五月十三日——一個下雨天，同時也是下亞爾薩斯著名之霍科尼斯堡修建後正式對外開放的日子——我參加了解剖學、生理學與自然科學的考試，必須通過才能開始修習醫學與臨床課程。為了得到必備的知識，我花了相當大的心血。已年過三十，不再擁有二十歲年輕學子那般的記憶力，即便對學科主題懷有強烈的興趣，也不能幫助我克服這個事實。此外，腦海中還傻氣地認為應該窮究純粹的科學，而不是為了準備考試而讀書。一直到最後幾個星期，我終於接受同學的建議，加入「填鴨俱樂部」，也因而知道，根據學生的統計，教授們通常會問哪些問題，以及該如何回答才比較合老師的心意。

儘管考試那段期間，我經歷了生平最疲憊的狀態，不過成績卻比預期的好。

接下來幾個學期的臨床課程要比先前來得輕鬆許多，因為主題不再那麼多元。主要的老師有：內科的莫利茲、卡恩和邁爾；外科的馬德倫和雷德霍斯；婦產科的菲林和弗容德；精神科的沃倫柏格、羅森菲爾德和斐斯多夫；細菌學的佛斯特和李維；病理解剖學的屈亞利；以及藥學的史密德柏格。

我對藥物的課程特別感興趣，實務方面由卡恩指導，理論則由史密德柏格負責，他本身是洋地黃衍生物的知名研究員。

關於史密德柏格及其好友解剖學家史瓦布，校園內流傳著一則有趣的故事：史瓦布準備應邀前往亞爾薩斯某城鎮的成人教育協會演講人類學，其中自然必須提及達爾文的理論（當時進化論還飽受各方抨擊）。他有點擔心自己會冒犯聽眾，史密德柏格聽其訴苦後的回應是：「別管這麼多！盡量去講達爾文主義，只要小心別提『猴子』一詞就可以了。這樣，他們對達爾文和你都會感到滿意。」史瓦布接受了建議，果然獲得成功。

當時，亞爾薩斯對大學課程延伸到社會有股需求，以滿足民眾追求進階教育的渴望。有一天，哲學教授溫德邦在休息室以驚喜的口吻對我們說，有位勞工代表請他去演講黑格爾。他極感欣慰地表示，未受過高等教育的民眾竟能明瞭黑格爾的重要，對真正有價值的東西表達興趣，真是可喜可賀。但後來他才搞清楚，勞工朋友想聽的不是黑格爾（Hegel），而是赫克爾（Haeckel）及唯物主義之通俗哲學——這跟他在一八九九年著作《宇宙之謎》中所闡述的社會主義息息相關。以亞爾薩斯人的口音，「赫」（ae）和「黑」（e）、「克」（k）和「格」（g）聽起來都差不多！

數年後，我碰巧有機會為敬愛的史密德柏格效勞。一九一九年春天，經過史特拉斯堡—紐多夫火車站時，看到幾個被法國官方驅逐出境的德國人正要被遣送出去，這位親愛的老人家也站在其中。由於他們得把所有大型物品留在身後不能帶走，我問史密德柏格是否需要幫忙搶救些什麼，他指著腋下一疊用報紙包起來的包裹——那是他關於洋地黃的最後一篇著作。被放逐者攜帶的所有物品都會被火車站的法國官員嚴格檢查，他擔心這麼大包的手稿可能不准帶走。於是，我先接過來暫時保管，等他在巴登－巴登的朋友家中安頓好了之後，再找安全的機會寄還給他。沒想到這部作品出版後不久，他就去世了。

剛開始學醫時，我還必須為金錢問題操煩，不過後來因為《巴哈》德文版的成功以及音樂會的收入，經濟狀況逐漸改善。

一九一〇年十月，我參加國家醫學考試。報名費是前一個月在慕尼黑的法國音樂節賺來的。當時演奏的是魏道爾的新作品《神聖交響樂》，由他擔任指揮，我負責管風琴。十二月二日，通過外科醫生馬德倫主持的最後一場考試後，我踏出醫院，走進寒冬的暮色裡，簡直不敢相信研習醫學的這段既緊張又疲憊的可怕日子已經結束。我必須一再確認自己是清醒的，而不是在做夢。跟我走在一起的馬德倫先生，不只一次提到：「要不是你有如此健康的身體，是不可能完成這項挑戰的。」——他的聲音彷彿來自遠方。

接下來要到醫院實習一年，並撰寫畢業論文。我選擇的論文主題是，調查並評論歷年來針對耶穌可能罹患之精神疾病所發表的著作。

其中我特別關切迪魯斯頓、赫胥和比內－山格萊的作品。我在耶穌生平的研究當中，已經多所證明祂確實活在當時的猶太思想中，期盼世界末日及超自然彌賽亞國度的來臨——這對我們現代人而言，似乎是不可思議的。我的看法立刻招致非難，認為那將使耶穌成為一個充滿幻覺或甚至被妄想所支配的人。我現在的任務是要從醫學的立場，判定耶穌奇特之彌賽亞意識是否與某種精神錯亂有任何關連。

迪魯斯頓、赫胥和比內—山格萊都認為耶穌有偏執性的精神錯亂，對自己的偉大與遭受迫害患有誇大性的妄想。為了處理這些其實相當沒有意義的作品，我必須將自己沈浸於無止境的妄想症問題。結果，四十六頁的論文竟然花了一年多的時間才完成。有好幾次，我都想要把它丟到一邊，另覓新題目。

心中設定的結論是要充分展現，所有關於耶穌精神特質的說法當中，唯一合乎史實並值得嚴肅論辯之處是：祂對自我具有高度評價，以及受洗時可能存在幻覺；但這都遠遠不足以證明耶穌患有任何精神疾病。

對世界末日及彌賽亞國度來臨之期盼，跟妄想的本質毫不相干，因為它屬於當時猶太人普遍接受的世界觀，在宗教文獻上也有記載。甚至耶穌認定自己就是彌賽亞國度來臨時以彌賽亞身分出現的那個人，這種想法也不代表就是妄想症。如果根據家族傳說，讓祂相信自己是大衛的子孫，再加上先知的書中又曾預言彌賽亞為大衛後裔，那麼耶穌的自我認定也不無道理。倘若祂選擇保守祕密，不公開自己即是未來彌賽亞的信念，但另一方面又不經意地由言語和行動予以暗示，單從表面來看，這確實像是誇大妄想症者的作為。然而，事實狀況並非如此。就耶穌的案例而言，祂之所以隱藏身分是有其自然且合理的根據。依照猶太教義的說法，彌賽亞是要在彌賽亞國度來臨時才會顯露出來；因此，耶穌不能讓人知道自己是未來的彌賽亞。另一方面，如果說耶穌在許多言論中，曾經帶著天國君王的權威宣告天國即將來臨，這從邏輯的觀點來分析，也是可以完全理解的。總之，耶穌的行徑從來不像一個迷失於幻想世界的人。祂對於周遭言語和事件的反應，都是絕對正常的，不曾與現實脫節。

由精神病理的角度來看是如此簡單的案例，但這些醫學專家還會對耶穌精神狀態之健全提出懷疑，唯一的解釋是他們不夠熟悉問題的歷史面向。不僅未能用晚期猶太教的世界觀來說明耶穌所處之思想世界，而且也未有效區分有關耶穌記載之史實與非史實的部份。他們所根據的不是兩部最古老的資訊來源——馬可和馬太福音，而是把四本福音書的記載全部混在一起，進而對實際上是虛構的耶穌人格進行判讀，自然會得到不正常的結論。值得注意的是，斷定耶穌精神不健全的主要論證，基本上皆由約翰福音而來。

事實上，耶穌的確相信自己是即將來臨的彌賽亞；因為祂置身於當時盛行的宗教思想當中，以其堅強之道德人格，不可能不由此觀念架構辨識自己的身分。從耶穌的精神本質來看，祂確實是先知所允諾之倫理大師。

十一　準備前往非洲

還在寫醫學學位的畢業論文時，我就已經開始著手準備非洲之行。一九一二年春天辭去大學教職及聖尼古拉教堂的職位。之前最後一個冬季學期所開的課程，處理的問題是：宗教性的世界觀該如何與世界宗教之歷史研究結果及自然科學事實調和一致。

在聖尼古拉教堂最後一次的佈道中，我引用了使徒保羅腓立比書中的祝福語為主題：「神所賜、出人意外的平安必在基督耶穌裡保守你們的心懷意念。」這些年來，由我主持的禮拜都以這句話來結束。

不再佈道、不再授課，對我而言是極大的犧牲。直至遠赴非洲之前，我總儘可能地避免經過聖尼古拉教堂與史特拉斯堡大學；因為看著這些曾經工作過、但可能永遠不會再回去的場所，實在令人傷感。直到今日，我還是不忍朝校園大樓入口處東邊第二間教室的窗戶凝望，因為那兒是我最常上課的地方。

最後，我與妻子海倫娜．布雷斯勞——史特拉斯堡一位歷史學家的女兒，我們在一九一二年六月十八日結婚——離開了聖多瑪斯河岸的房舍，以便出發前能與父親在鈞斯巴哈的牧師住所共處最後幾個月的時光。妻子在婚前就是我謄稿與校稿的得力助手；現在對於赴非洲之前必須完成的所有著作，她又提供了極大的幫助。

一九一二年的春季我待在巴黎，一來研究熱帶醫學，二來開始購買前往非洲所需要的裝備。雖然在習醫之初，便對相關主題有了理論上的認識，但現在則要從實務的角度來做準備。這對我而言是個全新的經驗。之前所從事的都是勞心的工作；而今則必須從貨品目錄中列出清單，成天上街購物，站在店裡尋找需要的物品，核對帳目與交貨單，打包裝箱，準備海關查驗用的明細表，以及其他諸如此類的瑣事，忙得不可開交。

光是齊備所有的器材、藥品、繃帶與其他醫院所需種種，就不知耗費我多少的時間和精力，更別提還要與妻子一同準備在原始森林生活的家用品！

一開始我把處理這些事物視為一種負擔；但到後來漸漸能夠體悟，審慎籌備瑣碎之事也能獲致藝術性的愉悅。不過，一再讓我感到煩躁的是那些林林總總的目錄，包括藥品目錄在內，其編排總是錯誤百出又不方便使用，彷彿生產這些產品的公司都將編輯工作託付給全然外行的人去處理。

為了籌措事業經費，我開始遍訪熟人尋求資助；在過程中充分體認到，一件尚無具體成果來證實其存在價值的工作，是很難贏得支持的。願意實質贊助這項冒險計畫，讓我得以度過難關的朋友與舊識，絕大多數都只因為我是計畫的發起人。我也必須坦言，當有些人發現我的造訪不是為了社交而是為了募款時，其語氣態度立即幡然大變。不過總體而言，我得到的仁慈對待遠超過受到的羞辱。

史特拉斯堡大學的一群德國教授，對這項勢必在法屬殖民地進行的事業慷慨資助，實在讓我感動不已。募集的資金中，有不少來自聖尼古拉教堂的信眾。此外，亞爾薩斯各教區也都有民眾提供支援，特別是該區牧師曾經是我的同學或學生時。為了讓計畫成行，巴黎巴哈學會舉辦了一場慈善音樂會籌募經費，擔任演出的是該會合唱團、菲利比及我本人。另外，在勒阿弗爾舉行的演奏會與演講，也帶來一筆很大的收益——我先前在此參加過一場巴哈音樂會而聲名大噪。

因此，經濟上的問題暫時獲得解決。我有足夠的金錢購買旅途所需，以及支應醫院經營約一年的費用。而且，有些富裕的朋友還預先承諾，當現有資金用罄之際，他們將繼續提供資助。

無論是財務或業務上的管理，費雪夫人提供許多寶貴的協助。她是史特拉斯堡大學一位早逝的外科教授遺孀。我在非洲時，她繼續為我處理歐洲的事務。後來她的兒子也成為熱帶地區的醫生。

當我確信能為設立小醫院募足資金後，便向巴黎傳教協會提出明確的申請，表示願意自費前進奧克維河傳教區服務，由位於中心的蘭巴雷內駐地開始。

蘭巴雷內傳教駐地是由美國傳教士納梭醫生在一八七六年創立的。奧克維地區的傳教工作始於美國傳教士，他們於一八七四年進入此地。後來加彭省成為法國的屬地；一八九二年起，巴黎傳教協會取代了美國人的工作，因為美國人無法遵從法國政府在學校一律以法文授課的規定。

接替波格納擔任傳教團團長的是比安奎斯，他以虔誠的行為（而非言語）以及管理協會事務的能力，贏得許多友誼。能免費獲得他們渴望已久的傳教醫師，比安奎斯動用一切影響力積極運作，不希望失去這個機會。然而極端的正統派依然反對。為了尋求解決之道，他們邀請我到委員會當面檢驗我的信仰。我無法同意這樣的安排，拒絕的理由乃基於此事實：當耶穌召喚門徒時，所要求的只有追隨祂的意願。我在傳達給委員會的訊息中也提到，如果必須奉行耶穌所言「不抵擋我們的，就是幫助我們的」，那麼即便拒絕一位提供受難原住民醫療服務的回教徒，也是傳教協會的錯誤。不久之前，協會才剛拒絕一位想為他們工作的傳教士，只因為此人的神學理念不容許他毫無保留地肯認第四福音書乃使徒約翰之作。

為了不重蹈覆轍，我婉拒在全體委員會面前讓他們對我提出神學問題。不過我提出變通的方式，個別拜訪委員會的每一位成員，透過對話或許能讓委員們更清楚地判斷，我對非洲人的靈魂及協會的名聲是否真會造成可怕的威脅。我的提議被接受了，也因而花費我好幾個下午的時間。有些委員的態度非常冷淡。不過大部分都很明確地告訴我，我的神學觀點讓他們遲疑的兩個主要原因：我可能利用所學企圖混淆那裡的傳教士；以及我可能會再度從事佈道的行為。我向他們保證，自己想做的就只是個醫生，對於其他所有事情，我將保持沈默，這才減輕了他們的戒心。也因為這些拜會，我與一些委員建立了相當真摯的關係。在理解我將避免任何冒犯傳教士與皈依者信仰的行為後，我的申請終於被接受了。不過，有位委員也因此遞出他的辭呈。

現在還有一件事必須完成，就是向殖民局申請加彭地區的行醫許可，因為目前我只擁有德國的執照。透過具影響力的朋友幫忙，最後的障礙也清除了。前方終於是一片坦途！

一九一三年二月，七十個封箱完成的包裹經由貨運火車先行運往波爾多。在打包隨身行李時，妻子反對我堅持攜帶兩千馬克的金幣而不帶紙鈔或票據。我告訴她，我們必須考慮戰爭發生的可能性。一旦戰爭爆發，金幣在世界上任何國家都能保值，紙鈔的命運則充滿變數，而且銀行信用也可能受到凍結。

我從巴黎友人處得知戰爭的危機，據他在俄國大使館的朋友聲稱，一旦俄羅斯完成了在波蘭建造的戰略性鐵路，戰爭便將爆發。

我確信無論是法國或德國民眾都不希望戰爭，而兩國的議會領導人也渴望交換彼此的想法。身為一個長期為促進德法兩國相互了解而努力的人，我非常清楚維持和平需要花盡多少心力，但也始終抱持著成功的希望。但另一方面，我也從不忽視這個事實：歐洲的命運不單單仰賴法德之間的關係。

當德國和法國都盡量回收市面流通的金幣而以紙鈔代替時，就我看來是個不祥的徵兆。從一九一一年開始，兩國公務員在領取薪水時，已經很少拿到金幣了。之前德國官員可以自由選擇要領取金幣或紙鈔。

十二　習醫時期的學術工作

從醫學課程的最後兩年到醫院實習的那段時期，我大幅壓縮了夜晚的休息時間，才得以完成有關使徒保羅歷史研究的著作，並為《歷史耶穌之探索》的第二版進行修訂與擴充。除此之外，魏道爾和我共同編纂一套巴哈管風琴序曲與賦格的作品集，並為每首曲子附上詮釋的指導。

在完成《歷史耶穌之探索》後，我立即著手研究保羅教義。沒多久就對神學研究慣有的闡釋感到失望，因為他們將保羅的思想弄得既複雜又矛盾，無法呈現其原創性與偉大之處。自從明瞭耶穌佈道完全受祂對世界末日及超自然天國之期盼的影響，我便開始質疑學術界對保羅的看法。

現在，我必須自問一個過去神學完全忽略的問題：保羅思想是否也根植於末世論？我很快就得到肯定的結論。其實早在一九〇六年，我就曾經以末世論的概念為基礎，講授保羅關於「我們與基督合而為一；與基督同死、同復活」的獨特教義。

為尋求保羅教義的歷史性解釋，我想先讓自己熟悉神學研究自古至今的所有嘗試，希望清楚呈現整個錯綜複雜的問題是如何逐步演進。對於保羅教義的探索，基本上和先前處理最後晚餐問題、以及《歷史耶穌之探索》的方式相同；不僅僅以提供某種解答為滿足，尚致力於探究並撰寫整個問題的歷史。我三度採取如此迂迴吃力的研究方式，可歸因於亞里斯多德。記得第一次閱讀其《形上學》，發現他總透過對先前哲學的批判來探索哲學問題時，不知狠狠地抱怨了多少次！但研讀這些段落也同時喚醒我內在潛伏多年的因子；從那時起，一股強烈的驅策力迫使我在理解問題的本質時，不只看它現在所呈現的面貌，還透過歷史追溯其演化過程。

我不清楚這麼吃力的工作究竟值不值得；但可以確定的是：我非得依循亞里斯多德式的進程不可，而這種方式也始終帶給我智識上的滿足及藝術性的愉悅。

對保羅教義進行批判性的歷史研究讓我特別感興趣，因為以前從來沒有人做過，再加上史特拉斯堡大學資源豐富，所收藏的保羅相關書籍跟耶穌生平的文獻一樣齊全。此外，圖書館館長修爾巴赫博士也協助我整理出相關主題的書籍與期刊論文。

一開始，我以為這項歷史文獻的研究份量可簡短地寫成一章，用來引介保羅思想中的末世論意涵。但隨著工作的進展，我愈來愈清楚它終將衍伸為一整本書。

對保羅思想之學術性探索始於格羅修斯。在十七世紀中葉的著作《新約聖經註解》中，他提出了一個自明的原則：要理解保羅書信，必先探知其字詞之真切意涵。在過去，不論是天主教或基督教的神學家，都依循因信稱義的信條來詮釋保羅。

保羅教義有關存在於基督裡、並與基督共死共生的說法，是否會產生重大的問題，這對新歷史批判主義的代表人物而言從不值得關切。他們認為最重要的是證明保羅的教誨並非教條，而是「合乎理性」的。

保羅研究的第一項成就是區隔個別書信的差異，進而得知某些書信並不真確。一八〇七年，施萊爾馬赫對提摩太前書的真實性提出質疑。七年後，艾瓊以令人信服之論述證明提摩太書和提多書皆非出自保羅之手。接著，杜賓根大學的鮑爾在其一八四五年作品《耶穌基督的使徒聖保羅》中，更進一步指出，完全無爭議的只有哥林多前後書、羅馬人書及加拉太人書，其餘皆不足為信。

稍後之研究雖然原則上認同這個方向，不過仍對鮑爾等人嚴厲的判斷予以修正，揭示腓立比書、腓立門書及帖撒羅尼迦前書也是真實的。因此，大部分署名保羅的書信，確實是他寫的。當代歷史批判主義確認為假的有帖撒羅尼迦後書、提多後書及提摩太前後書；至於以弗所書和歌羅西書的真假，則尚未蓋棺論定。最後這兩部書信，在思想上與其他證實為真的使徒書緊密吻合，但在細節上卻有明顯不同之處。

鮑爾發現保羅對基督的信念與耶路撒冷的使徒有差異，由此建立一套判斷真偽的標準。他是第一個大膽提出加拉太書為保羅反駁耶路撒冷使徒所寫的書信，也是第一個認清對基督律法之權威存在不同見解，乃肇因於耶穌之死所帶來不同意義的解讀。由此清晰的對比，鮑爾斷言，凡抱持耶穌之死確已改變世界這種想法的書信，才是出自保羅之手；其餘的則是由保羅弟子所寫，他們試圖把後來兩造之間的調和回溯至保羅時代。

藉由保羅書信之區分，進而檢討基督教條如何成立的問題，鮑爾可說是第一人。他的觀察正確，保羅觀念之所以快速散播是因為他相信基督之死象徵了律法的結束。經過一、兩個世代的傳承，這種觀念也成為基督信仰中的共同資產，雖然它跟耶路撒冷使徒的教義有所抵觸。

明瞭保羅教義的問題其實是基督教義起源問題的核心之後，鮑爾針對基督宗教的誕生展開大規模的歷史研究。在他之前，由於問題輪廓並未釐清，相關研究一直沒有進展。

十九世紀下半期，羅伊斯、弗萊德雷爾、霍爾斯坦、雷南、霍茲曼、韋薩克、哈納克及其他許多學者，追隨鮑爾的腳步，審慎研究保羅教義的各項元素。他們一致同意，除了耶穌以自我犧牲為世人贖罪的教義之外，保羅思想還有一個與眾不同的特性。根據保羅教義，信徒本身會以一種神祕的方式經驗到耶穌的死亡與復活，因而轉變為新的存在，受耶穌之精神力量所支配。這種神祕倫理教義的基本思想，首見於呂德曼一八七二年的作品《聖保羅之人類學》。

為了解決保羅問題，我們必須說明為什麼保羅宣稱律法對基督徒不再有效，以及為什麼保羅在堅守「因信仰耶穌贖罪之死而得救」的教義之餘（這部份和耶路撒冷使徒的理念一致），還相信我們跟基督有某種神祕性的結合，一起經歷死亡與復活。

十九世紀末和二十世紀初的歷史批判主義認為，由保羅的背景可以解釋何以其觀點超越原始基督教的想法。保羅出生並成長於羅馬帝國小亞細亞的大數，該地受到希臘語言與文化的影響，他自然而然地將希臘和猶太思想結合在一起。也基於這種融合，保羅成為律法的反對者。此外，對於透過耶穌之死而得到救贖的教義，他不只從猶太贖罪犧牲的觀念思考，還試圖證明可由神祕參與死亡的方向來理解。

這樣的解決方式似乎是最明顯、最自然的，因為神祕性的思考對猶太教而言是陌生的，但在希臘世界卻相當普遍。自二十世紀初以來，愈來愈多文獻研究強化了保羅救贖教義基本上是希臘式的假設。烏塞納、羅德、丘蒙、黑普丁、萊茲斯坦及其他學者用前所未有的審慎態度，深入檢視希臘文獻，以及最近才被發現由西元一世紀傳下來的銘文。這些新的資料來源顯示，聖禮儀式在希臘—東方衰頹初期的宗教生活中扮演什麼角色。保羅之神祕主義來自希臘宗教的假設，似乎最能以此事實來解釋：以保羅的觀點，信徒透過洗禮和聖餐實際參與耶穌的死亡與復活；它們不只是符號性的象徵而已——在還未認清保羅乃依聖禮方向思考之前，十九世紀末的人都僅以符號象徵視之。

既然聖禮對猶太教而言與神祕主義一樣陌生，一般便認為要說明保羅對洗禮和最後晚餐的看法，必須先建立起保羅和希臘宗教的關連。儘管這種假設乍看之下甚具優勢，但事實上卻不足以解釋保羅關於我們和基督合而為一的神祕主義。經過更細緻地檢視，很快就會發現保羅思想與希臘—東方神祕宗教在性質上有明顯的不同。就本質來看，它們之間根本毫無關連，雖然確實也有顯著的雷同點。

如果保羅神祕的救贖論與聖禮觀無法由希臘思想來解釋，其他唯一可能的方式便是將之放入晚期猶太末世論的脈絡當中來理解。循此進路的論述包括卡比希的《連結於保羅主義整體思維之聖保羅末世論》（一八九三年）和雷德的《聖保羅》（一九〇四年），很可惜後者只草擬出基本的輪廓而已。這兩部作品都未能對保羅的思想系統做出完整的說明，但卻提出深具說服力的證據，足以顯示在末世論的架構之中，許多狀似分離的保羅觀念事實上不僅簡明可行，且能彼此串連，組合成一個完全融貫的系統。

然而，這些落於當代批判主義之外的探索並未受到重視，因為對神學家及其他鑽研第一世紀希臘文化的學者而言，保羅結合了希臘與猶太思想的理論似乎非常明顯。但是他們卻沒有發現，這種說法會讓可憐的保羅陷入危機：以其為名之使徒書信的基本觀念，竟然是跟二、三世紀的希臘—東方宗教相仿！不可避免地，我們必須追問這些書信究竟是屬於西元一世紀的五、六〇年代，或源自更後期，只是用文學虛構的方式冠上隸屬原始基督宗教的祭司保羅之名。

十九世紀下半葉，包爾和一些所謂的荷蘭激進學派——包括羅曼、史泰克、范麥南等人——提出下列主張：要解釋以保羅為名的書信為何包含希臘思想，與其假設一名祭司在耶穌死後立即將新的希臘特質注入原始基督宗教的信仰，倒不如承認那些書信根本出自於希臘人之手，這樣還更簡明。他們斷言，反對律法的戰端並非由祭司保羅所掀起。

擺脫律法的訴求，一定是希臘人在基督教社群成為主導力量，進而反抗帶有猶太色彩的基督教之後才會出現的。因此，律法爭議不可能發生在一世紀中葉保羅與耶路撒冷使徒兩造之間，真正的時間應該是二、三世代以後，兩個對立派別已經成形的階段。由此推測，應該是獨立教派為了正當化自己的勝利，因而將那些書信冠上保羅之名並予以出版。關於保羅書信之真正來源，此一詭論性的假說自然無法獲得史實的證明；但它卻突顯出，當我們假設保羅作品存在希臘思想時，會對相關研究造成多麼大的困難。

為了總結有關保羅思想的歷史批判研究，我在一九一一年強烈感受到一股意念，覺得必須清楚說明「使徒保羅之神祕救贖觀不是猶太而是希臘思想」的論述無法成立；唯一可行的只有末世論的解釋方式。

初步性的探索付梓成書之際，對保羅思想末世論源頭更完整的闡釋也已接近尾聲，只要再幾個禮拜就可以交給出版商了。但接下來的這幾個禮拜，卻無法自由運用，因為我得開始準備國家醫學考試。考試後，大半時間又被撰寫醫學學位論文及修訂《歷史耶穌之探索》所佔據，因而不得不放棄在赴非之前出版關於保羅第二本著作的希望。

一九一二年秋季，我已經為前往蘭巴雷內的購物與打包忙得不可開交時，卻還要為《歷史耶穌之探索》而操煩；我的任務是整合該書初版後出現的相關資料，並改寫不甚滿意的章節。我尤其想要更周延地闡述晚期猶太教的末世論思想，並詳探羅伯森、史密斯、弗雷澤及德魯斯等人的作品，他們都對耶穌之歷史存在提出質疑。

要佯稱耶穌從未存在並不困難，但若實際去證明它，卻不約而同得到相反的結果。從西元一世紀的猶太文獻當中，耶穌的存在得不到任何證明；同時期的希臘與拉丁文獻，也找不到任何證據。在猶太作家約瑟弗斯的《古代誌》中，有兩個段落附帶提到耶穌，但其中一段無疑是擔任抄寫工作的基督徒所插入的。關於耶穌存在的第一個異教徒證人是塔西圖斯，他在西元二世紀二〇年代圖拉真的統治時期，曾於其《編年史》（十五章四十四節）中記載，「基督」教（尼祿指控基督信徒導致羅馬大火）的創始者被提庇留政府下的猶太總督彼拉多處死。

由於羅馬歷史是因基督教運動持續進行才提及耶穌的存在（而且第一次提及已經是耶穌死後八十年的事了），再加上有些評論家根本拒絕接受任何福音書和使徒書的真實性，一個人要否定耶穌之歷史存在是可以自圓其說的。

但這並沒有解決事情。我們還是得解釋在沒有耶穌或保羅的情況下，基督教是何時、何地及如何形成的；又為什麼到後來要將其起源追溯於虛構的人物；以及是怎樣特別的原因，要把基督教的創立者設定為這兩個猶太人。

要證明福音書和使徒書是偽造的，也必須解釋它們的內容是如何地不真實。主張耶穌非歷史人物者，並未對其觀點所衍生之困難提出任何說明；他們處理此問題的態度都太隨便了。雖然在細節上各有差異，但方法大致是相同的，他們皆試圖證明在前基督時代的巴勒斯坦或東方某處，具有諾斯底宗教特性的基督或耶穌教派已經存在，這就跟對阿多尼斯、奧西里斯和塔姆茲等神話人物的崇拜一樣，是以死而復生的神或半神為信仰中心。

由於我們對這種前基督時代的基督崇拜沒有任何證據，要讓其存在之可信度增加，勢必得加入一些創造性的成份。透過進一步的虛構與想像，那些被認定存在的前基督時代之基督教派信徒，便在某個時點以某種理由將死而復生的神轉變為歷史性的人物。

彷彿這樣還不夠困難，這些人必須為福音書和保羅書信尋求解釋，說明為什麼其基督崇拜不是源自於無法稽考的上古時期，而是剛好將虛構耶穌設定於兩、三個世代以前，並以猶太社會中的猶太人身分進入歷史。

最後，一項最艱鉅的任務在於如何解釋福音書的內容已由神話轉變為歷史。倘若不讓其理論自打嘴巴，德魯斯、史密斯和羅伯森等人必須堅持馬可和馬太福音所載之事件與言語都只是早期神祕宗教信奉的觀念。為了證實這種說法，德魯斯及其他學者不僅努力發掘所有的神話，而且還搬出天文學和占星術；由此顯現，他們在我們的想像上增加了多少負擔。

從這些質疑耶穌歷史地位的著作來看，證明祂存在的假設明顯地要比證明祂不存在容易得多。但這並不表示此無望事業已被棄而不顧。主張耶穌不存在的書籍一而再、再而三地問世，輕信的讀者也依然不減，儘管它們根本了無新意，並未超越羅伯森、史密斯、德魯斯和其他支持此種論調的學者所言。在沒有新論證的情況下，認同者只能不斷炒冷飯而已。

誠然，就忠於史實的角度而言，他們也可以提出以下論述：一種根植於猶太教的信仰（如基督教起源之傳統歷史所載）竟然可以快速蔓延到整個希臘世界，這點很難解釋；因此，基督教乃由希臘思想衍生出來的假設，值得進一步的重視。

然而，這項假設是禁不起考驗的；因為最古老兩部福音書所描述的耶穌完全不可能源自於神話。此外，耶穌末世論所表現的特性，也不可能由後人任意附加在自我虛構的人物之上；理由是：提多摧毀聖殿之後的世代並不能充分明瞭猶太的末世論思想，而耶穌同時代的人卻很清楚。這個所謂的神祕基督教派為何要為假的歷史耶穌虛構世界末日及人子彌賽亞即將來臨的信念（皆未經史實證實）？這對它有什麼好處？

耶穌末世論思想是如此完整緊密地與兩部最古老福音書所記載的年代契合，以致於我們只能把祂看成是那個時代的人物。很重要的一點是，強烈質疑耶穌之歷史存在的學者，總是精明地迴避檢驗耶穌受末世論影響的思想與行動。

應魏道爾的要求，動身前往非洲前我再度埋首於巴哈研究。紐約的出版商薛摩爾先生請他編輯巴哈的管風琴作品集，並加上詮釋性的註解。魏道爾答應了，但條件是我也要共同參與。於是我們把工作拆成兩半：我先準備草稿，然後再一起研擬完成。一九一一至一九一二年間，我不知跑了多少次巴黎處理這項工作！魏道爾也曾兩度到鈞斯巴哈，跟我待上好些日子，因為那裡比較安靜沒有人打擾。

雖然原則上我們都不贊成明確指示演奏規則之「實用版」，但還是認為對巴哈管風琴音樂提些建議是合理的。除了少數例外，巴哈在其管風琴作品中，對於音栓配合與鍵盤變化通常不會做任何說明。這方面的指導在他那個時代是不必要的，因為依當時管風琴的建造特質及慣有的演奏方法，管風琴手自然而然會彈出合乎巴哈原意的曲子。

巴哈並未出版任何管風琴的作品，他死後也被遺忘了好長一段時間。直到十九世紀中葉彼得版的出現才被世人重新發現，但此時的音樂品味及管風琴都已起了變化。人們雖然知道十八世紀的傳統風格，卻不喜歡用這種方式彈奏巴哈的管風琴樂曲，覺得太過簡單平凡。一般認為，要充分展現作品精神，就必須盡情運用現代管風琴才得以產生的音量和音色變化。因此，到了十九世紀末，現代管風琴的演奏方法可說完全取代了昔日傳統，即使真的還有人記得也不會重視。

法國是唯一的例外。魏道爾、吉爾曼特及其他一些人仍堅守著老式的日耳曼傳統，這個傳統由布列斯勞的名管風琴師赫西（一八〇二－一八六三）留傳下來的。法國在十九世紀中葉以前，根本沒有管風琴的演奏藝術可言，因為在大革命時代被破壞的管風琴大部分只得到草率的修復。直到卡瓦葉－科爾和其他製造商又開始製造好琴，再加上日耳曼彼得版的出現，讓管風琴手得以窺探巴哈的管風琴作品，人們才知道——魏道爾經常這樣告訴我——如何演奏原本在法國無人知曉的音樂。在完全陌生的情況下，演奏者必須出國學習全新的踏瓣技巧。他們向布魯塞爾的名管風琴手雷門斯求教；對於經費短缺者，卡瓦葉—科爾還代為支付。雷門斯為德國布列斯勞管風琴手赫西的學生；而赫西又從老師基特爾承繼了巴哈傳統。

一八四四年，在聖尤斯塔希教堂新造管風琴的啟用日，赫西首度讓巴黎人見證到巴哈的管風琴音樂；此後數年經常被邀請，到法國其他管風琴的啟用典禮上表演。另外，巴哈音樂能在英國受到矚目，也得力於他在一八五四年倫敦世界博覽會中的演奏。

如果說法國管風琴手對赫西和雷門斯所繼承之日耳曼傳統情有獨鍾，那也不只是品味的問題，還有技術上的需要。卡瓦葉—科爾打造的，並非所謂的現代管風琴。它們不像十九世紀的德國管風琴，擁有可讓音栓富於變化的機械裝置；因此，法國的管風琴手也只能依循古典傳統來演奏。然而，這並不是缺憾，因為其管風琴的音響如此優美，以致於彈奏巴哈賦格時，即便沒有特殊的音栓轉換，也能達到跟巴哈時代同等的完美效果。

一種歷史性的弔詭，反倒讓古老的日耳曼傳統得以被法國的管風琴手保存下來。此外，由於近代音樂家又開始查考十八世紀的理論著作，這個傳統的細節也逐漸為人知曉。

對於任何像我一樣，努力尋求每個能以當時樂器彈奏巴哈音樂之機會的人而言，這些古老管風琴才是真正能夠忠實詮釋巴哈音樂的極品。它們充分展現了可能達成的演奏技巧和音樂效果。

針對我們正在籌備出版的巴哈作品集，魏道爾和我認為有一項重要的任務，即是對只知現代管風琴而對巴哈風格全然陌生的樂手說明，巴哈在每個曲子是如何考量音栓配合與鍵盤變化的。此外，我們也想要探究，運用現代管風琴的音響與音色，可以將原曲風格保存到什麼程度。

為了合乎體例，我們決定不把自己的說明或建議插入樂譜之中，而是將所有意見寫成短文，做為個別樂曲的引言。如此一來，管風琴手既可以研讀我們的建言，在看譜演奏時又不會被提示硬生生地牽引。樂譜中甚至連指法與分句的標示都沒有。

巴哈指法不同於現代的地方是，他依照更古老的方式，每根手指都可以跨過其他的手指，因此就比較少用到大拇指。至於踏瓣的使用，由於巴哈時代的踏瓣較短，所以只能用腳尖而不能用腳跟踩。踏瓣的短小，也讓演奏者很難將一隻腳跨越過另一隻腳。我們現在可以運用雙腳交叉或腳尖腳跟交替踩踏的技巧來產生更好的圓滑奏，但巴哈當時卻只能用一隻腳的腳尖從一塊踏瓣滑到另一塊踏瓣。

年輕時，我還在許多鄉村的古老管風琴上，看過巴哈時期的短踏瓣。即便今日，荷蘭許多管風琴的踏瓣還是很短，根本不可能用腳跟踩踏。

關於樂句的切分，魏道爾和我都把個人註解放在樂曲的引言當中；這是因為過去演奏其他版本時，總被樂譜上的指法與分句標示干擾。我因此堅持一個原則——希望有一天這個原則能被普遍接受——演奏者眼前所見只有作曲家寫的樂譜，也就是巴哈、莫札特、或貝多芬的音樂本身。

我們必須認清一個事實，用現代樂器是無法依巴哈原意表現音樂的，也因此在某些地方必須向現代品味及新式管風琴有所妥協。用他那個時代的樂器，強音和極強音聽起來仍是柔和的，所以即使整首曲子都用極強音彈奏，聽者也不會感到疲勞或要求改變；同樣地，巴哈的管絃樂就算出現持續性的強音，聽眾仍然可以接受。現代管風琴則不然，極強音非常響亮刺耳，倘若連續演奏，聽眾很快就會受不了；並且，在聲響的嘶吼當中，根本無法捕捉個別旋律的線條，而這對理解巴哈作品又是極為根本之處。為了讓聽者能夠享受音樂，對於一些巴哈原本全以強音或極強音彈奏的段落，我們不得不藉由音色與音量的變化來調節。

運用巴哈時代管風琴無法做到的強度變化，只要樂曲的架構依然清晰可見，也非無休止的變化，那就沒有什麼異議。當巴哈演奏一首賦格曲時，混搭三、四種不同的調性便能滿足，而我們現在卻容許自己採用六種或八種調性。不過有個最高原則必須遵守：彈奏巴哈管風琴作品時，樂曲的設計絕對要清楚，音色的變化則在其次。

管風琴手始終必須提醒自己，只有在旋律線完全清楚時，聽者才能察覺樂曲的設計。這就是為什麼魏道爾和我一再強調，演奏者一定要確切明瞭作品各個主題與動機之樂句段落，並以同樣的清晰程度展現所有細節。

我們知道十八世紀的管風琴無法隨心所欲地快速彈奏，因為琴鍵重而必須使力按壓，所以能用中板的速度彈好就算是不錯了。巴哈當初在創作序曲與賦格時，一定以其管風琴能夠彈奏的中庸速度來設想；我們也必須堅守這個事實，用符合作者原意之適當速度彈奏。

眾所周知，遵循巴哈傳統的赫西便是以非常和緩的節奏來表現管風琴樂曲。如果能透過完美的樂句將巴哈旋律之奇妙活力充分顯露出來，那麼即使以不超過中板的速度彈奏，聽眾也不會感覺沈悶難耐。

管風琴無法加強個別的音，因此不能以重音標示構成樂句。因此，要使巴哈管風琴音樂的演奏呈現立體感，就必須透過完美的樂句切分讓聽眾產生重音的錯覺。這對所有的管風琴演奏——尤其在彈奏巴哈作品時——都是首要條件，但一般人卻不清楚，以致於巴哈作品的演奏鮮少令人滿意。特別是在大教堂表演，必須克服回音干擾時，清澈流暢之完美演奏更顯得無比重要！

魏道爾和我提出之適切的演奏方法，對只懂得現代管風琴的演奏者來說是新鮮的，這跟他們熟悉的現代浮誇風格恰成對比。於是我們不斷呼籲，用現代管風琴演奏巴哈是何等困難；希望藉由巴哈作品對管風琴的要求，推廣製造真正優質管風琴的理想，這要比撰寫製造管風琴及彈奏巴哈所需技巧的論文有用的多。結果確實沒讓我們失望。

在我赴非洲前，只完成了巴哈作品新版的前五冊，其中包括奏鳴曲、協奏曲、前奏曲與賦格。至於包含聖詠前奏曲的三冊，我們打算先由我在非洲寫好草稿，等第一次休假回歐洲時再完成。

經出版社的要求，作品以德、法、英三種語言出版。法文版和德文版（及依據德文為本的英文版）之間略有不同，乃出自我們事先的約定：法文版以魏道爾的意見為主，因為它對應於法國管風琴的特色；德文版和英文版則由我主導，因為必須反映這些國家盛行之現代管風琴的特性。

不久第一次世界大戰爆發，各國出版社間的聯繫受到阻擾。於是作品只在紐約出版，主要流通管道限於英語系國家；至於德法兩國，價格都太高昂了。

十三　初抵非洲：一九一三—一九一七

一九一三年耶穌受難日的下午，我和妻子離開了鈞斯巴哈；三月二十六日晚間在波爾多上船。抵達蘭巴雷內時，當地傳教士向我們表達由衷的歡迎。

遺憾的是，我要用來從事醫療工作的那棟波紋鐵皮屋還沒有蓋好，因為他們募集不到足夠的工人。當時在奧克維地區，奧克曼原木的生意正隆，只要稍具勞動力的非洲住民，都可以找到比在傳教區服務更優渥的工作。所以一開始我只能利用居所附近的老舊雞舍做為診療室。

深秋之際，我終於得以搬進河邊的波紋鐵皮屋了。房子長八公尺、寬四公尺，以棕櫚葉為屋頂，其中包括一間小診療室、差不多大小的手術房和小間一點的配藥房。房子周圍陸續蓋起許多大竹屋，以收容本地的病人。至於白人病患，則安置到傳教士的房子和我的住所。

頭幾天，甚至在我還找不到空檔打開藥品與儀器的包裹前，就已被病人團團圍住。選擇蘭巴雷內為醫院駐地，是根據其地理位置，以及傳教士摩瑞爾先生（他也來自亞爾薩斯）提供的訊息。結果無論從哪個面向來看，都證明是正確的選擇。周邊兩、三百哩遠的地方，不管是上游或下游，都可以用獨木舟沿著奧克維河及其支流將病人送來這裡。

我所要醫治的主要疾病有瘧疾、痲瘋、嗜眠症、痢疾、熱帶肉芽腫及崩蝕性潰瘍；不過，肺炎和心臟病的數量之多也讓我驚訝。另外還有一些泌尿疾病。需要動手術的主要是疝氣和象皮病腫瘤。赤道非洲原住民罹患疝氣的情形遠比白種人普遍。假如鄰近區域沒有醫生，每年都會有許多可憐的人因絞窄性疝氣痛苦身亡，而這原本只需要及時的手術就可得救。我的第一次外科手術即是這種病例。

開業後的幾個禮拜內，我便了解到非洲人所承受之肉體痛苦遠比預期的悲慘。我多麼高興自己能夠力排眾議，堅持來這裡行醫！

蘭巴雷內傳教站的創立者納棱博士，現已上了年紀，定居於美國。當我寫信告訴他此地重獲醫生服務時，他甚表欣慰。

一開始因為找不到合適的本地人來當翻譯和醫療助手，這大大阻礙了我的工作。後來尋得的第一位得力助手是原本當廚師的阿佐瓦尼。雖然我給的薪水沒有廚師賺的多，他還是願意留下來幫忙。關於如何與當地住民相處，他提供了一些寶貴的建議；不過有一點他認為最重要的，我卻無法苟同。他勸我拒絕醫治看起來已經沒有救的病人，並一再以巫師為例，說明他們為了維護行醫的完美聲譽，對於這種案例都盡量避開。

然而到後來，我必須承認他的勸說有部份是正確的。也就是在面對本地人時，如果病患的情形確實無法救治，絕不能讓病人及家屬抱持康復的希望；因為倘若事先未給予警告而死亡，他們就會認定是醫生診斷錯誤，所以才不知道病情的嚴重性。醫生應該毫無保留地據實以告。無論如何，他們想要知道實情，而且也都能夠承受。死亡對他們而言是種自然的現象，可以坦然面對而不會心懷恐懼。假如情況很糟的病人竟然意外復原了，醫生的聲譽鵲起，被眾人視為能治癒絕症之神醫。

妻子先前受過護士的訓練，在醫院給我極大的幫助。由約瑟夫擔任助手，她忙於照顧重病患者、監管洗衣和醫療用品、負責配藥、消毒手術工具、做手術前的一切準備工作，並執行麻醉的施打。除了妥善處理繁雜的非洲家務，還能每天抽出幾個小時到醫院幫忙，真是莫大的成就。

要說服非洲人接受手術治療並不需要太多技巧。數年前，一位政府單位的吉伯特醫生利用旅行之便，在蘭巴雷內完成幾次成功的手術，所以對於我平庸的手術技能，沒有人感到害怕。很幸運地，最初接受我手術的病人後來皆安然無恙。

幾個月之後，醫院每天要收容大約四十個病患。然而，不僅必須提供住宿給病人，還包括大老遠用獨木舟將病患送來並等著再接回去的同伴。

實際的治療工作雖然繁重，但我覺得更大的重擔是伴隨而來的焦慮與責任。很遺憾地，我並不具備比較適合這個行業的強硬性格，反而整天都在擔心重病患者及剛動完手術者的狀況。雖然也曾試圖調適，以平靜的心情既對病患付出關懷，又能保留必要的精神體力，但總是徒然無功。

為了形成一套運作規則，我會要求當地病人以實際行動表達謝意。我一再提醒他們，能享受這些醫療資源的恩賜，要歸功於許多歐洲人犧牲自我利益；因此，他們也應該有所回報，幫助醫院繼續維持下去。後來逐漸發展出一種慣例，接受金錢、香蕉、家禽或雞蛋之餽贈，來交換藥品。當然，這樣的收入遠不及實際為他們所花費的，但對於維持醫院運作仍不無小補。得到的香蕉，可以在補給匱乏之時給病人吃；如果香蕉也不夠，再拿那些錢去買米。我同時認為，如果讓非洲人依能力所及為醫院之維繫貢獻一份力量，將比平白享用更能體認醫院的價值。

經驗也已證實，某種形式的回報確有其教育意義。當然，對於貧民與老人（在非洲上了年紀就意味著貧窮），我們是不收取任何報酬的。然而，其中最原始的住民，對餽贈禮物有不同的觀念；當他們康復離院時反倒向我索取紀念禮，因為我已經成了他們的朋友。

跟這些原始住民交往，我很自然地想到一個多有爭辯的問題：他們究竟只是被傳統束縛的囚犯，或者也有獨立思考的能力？在與他們的對話中，我很驚訝地發現，他們對生命意義、善惡本質這些根本性問題所展現出來的興趣，遠比我想像的高出許多。

如我所預期的，巴黎傳教士協會委員重視的教義問題，在此地傳教士的佈道中根本不具任何意義。如果要讓當地聽眾了解佈道內容，就根本不可能超越如何藉由耶穌精神自世界解放這類的簡單福音，也就是「登山寶訓」及保羅精緻言論所傳遞之福音訊息。

環境迫使傳教士以倫理宗教的形態來呈現基督教。他們每年都在不同的駐地開傳教士會議，討論焦點放在福音的實際應用而非教義問題。有些人對於教義的要求比較嚴格，但並不妨礙共同傳教的工作。我從未試圖用個人的神學觀點加以干擾，所以他們的心防與不信任很快就卸除下來；我們滿心歡喜地在服從耶穌之虔信及獻身基督宗教活動的意志底下團結一致。幾個月之後，他們開始邀請我參與佈道，「沈默以對」之承諾就此解除。

我也應邀以觀察員的身分參加白人傳教士與黑人宣教士連袂出席的聚會。有一次，當傳教士請我發表意見時，一位黑人牧師起身直言，認為我不該有逾越醫師權責的談話：「因為他不是神學家」。

我同時獲准主持受洗的資格測驗。通常我都請他們分派一、兩位年紀大的婦人給我，好化解緊張的氣氛，讓應試者儘可能輕鬆地度過這半小時。記得曾經遇見一位社經地位優渥的已婚婦女，當我問起主耶穌是貧窮還是富有時，她回答：「多麼愚蠢的問題呀！如果上帝這位偉大的酋長是耶穌的父親，祂怎麼樣都不可能貧窮。」對於其他問題，她大致上也都以迦南婦女特有的機智來回答。儘管我這個神學教授給她很好的成績，卻無濟於事，因為其隸屬之教區牧師比較嚴格，對她沒有按時出席教義課程頗有微辭，決定趁此機會予以懲戒。充滿機智的回答在那位牧師眼裡絲毫沒有助益，他所要聽的只是符合教義課程的答案。最後這名婦女沒能通過，六個月後必須再考一次。

講道對我而言非常愉悅。有機會將耶穌與保羅話語傳授給全然陌生的人聽，是個奇妙的經驗。當地教會學校的老師為我擔任翻譯，把所說的每一句話立即翻成迦羅亞語或帕呼因語，有時還先後譯出兩種語言。

在蘭巴雷內的第一年，我利用極少的餘暇進行巴哈管風琴音樂作品集美國版最後三冊的工作。

巴黎巴哈學會為了表彰我多年來擔任其管風琴手的辛勞，送給我一架很棒的鋼琴，特別適合熱帶地區，又附有踏瓣，可讓我不致荒廢管風琴的演奏。

然而一開始，我卻沒有勇氣練習。先前我抱持的想法是：一旦到非洲工作，就代表藝術生涯的結束；倘若手腳因疏於練習而不再靈活，宣告放棄的決定將容易許多。但有一天晚上，因心情鬱悶而彈了一首巴哈的賦格，結果突然閃起一個念頭，也許該好好利用在非洲的空閒時間，精進我的管風琴技巧與詮釋。此時立刻下定決心，挑選一些巴哈、孟德爾頌、魏道爾、法蘭克和雷格的作品，小心翼翼地研究到最細微的地方，並且把譜背熟，哪怕一首曲子要花上好幾個星期、甚至好幾個月也無妨。

不用煩惱音樂會的時程，能夠掌握餘暇安靜地練琴，是何等享受！縱使有時一天只抽得出半個小時。

我們夫婦就這樣在非洲度過了兩個旱季，並計畫下個旱季初回家一趟；但就在此時——一九一四年八月五日，傳來歐戰爆發的消息。

當晚即接獲通知，我們成了戰俘，暫時還可以留在自己的住所，但是必須斷絕跟任何白人或黑人的聯繫，並絕對服從奉派看守我們的非洲士兵的命令。有一對跟我們一樣從亞爾薩斯來的傳教士夫婦，也被拘禁在蘭巴雷內傳教團駐地。

非洲人起初感受到的戰爭，只是木材生意中斷，所有物品價格高漲。直到後來許多人被送到喀麥隆當軍中挑夫時，他們才了解戰爭是怎麼一回事。

曾在奧克維住過的白人裡，已有十人被殺的消息傳來，一位年老的黑人評論道：「什麼，這麼多人死於戰爭！那些部落為什麼不能坐下來談判？他們怎麼付得起對死者的賠償？」因為在非洲人的戰爭中，死者無論屬於戰勝或戰敗的一方，都必須由敵對方支付賠償金。這位老人又批評說：歐洲人互相殺害只是出於殘酷而非必要，因為他們不會吃死人。

對於非洲住民來說，白人拘禁其他的白人，再交由黑人士兵監管，是件不可思議的事情。看守我的黑人士兵被鄰近村人嚴厲指責，因為他們竟敢做「醫生的主人」。

當我被禁止前往醫院工作時，首先想到的是趁此機會完成關於保羅的著作。不過，另一個主題立即強烈湧上心頭，那就是人類文明的問題——多年來在腦中不斷盤旋，現在又因為戰爭而成為適切的議題。因此，在被拘禁的第二天清晨，我就坐在書桌前著手進行《文明的哲學》，自己也很訝異還能夠像習醫前的那段日子，早早起來埋首於學術研究。

一八九九年夏天，我在柏林的恩斯特．庫爾丘斯家中，第一次產生深究這個主題的念頭。當時，格林和其他人剛從學校開完會回來，話題還環繞著開會的情形，突然有一個人——我忘了是誰——大聲地說：「所以囉，我們所有的人都不過是依樣畫葫蘆的追隨者而已！」這句話如雷電擊身般震撼著我，因為它完全道破了我內心的感受。

從大學時代初期，就愈來愈懷疑人類不斷進步的想法。我的印象是，理想的火苗正逐漸熄滅，沒有人注意，也沒有人憂心。在好些場合，我發現野蠻的思維被公然傳播，卻不見社會輿論予以譴責與拒斥；相反地，還進一步接受一些不人道的行為，無論它來自政府或個人。對於公平與正義的追求，似乎也顯得漫不經心。在這個如此自豪於外在成就的世代中，我卻觀察到許多跡象，在在顯示其智識與精神的疲乏。我好像聽到世代成員不斷說服彼此，以往對人類未來的期望過高，現在有必要限縮，只追求可能實現的目標。今日常見的口號是「實際政治」，這意味著接受短視的國家主義，以及與從前被拒為進步之敵的勢力和潮流妥協。最顯而易見的沒落徵兆似乎是迷信之重現，原本早已被知識界破除的對象又回來了。

此時正進入十九世紀的尾聲，人們開始回顧過往成就，以對進步情形做出評價；其中所展現出的樂觀主義，是我無法理解的。世界各地似乎都認定我們不僅在發明和知識上有所進展，甚至在精神和倫理的領域也達到前所未有的高峰，永遠不會沒落。然而，我的印象卻截然不同：我們的智識與精神生活，不僅比先前世代低落，在許多層面也不過坐享其成，而且這些遺產正開始從手中大幅流失。

現在突然之間，有人把我內心對這個世代隱晦模糊的抗議充分表達出來！自從在庫爾丘斯教授家的那晚起，在做其他工作的同時，我也一邊構思新的作品，打算定名為「追隨過往的我們」。

當我把其中一些想法與朋友分享時，他們通常都將之視為有趣的悖論，並代表某種世紀末的悲觀主義。從此我就不再說給任何人聽了。只有佈道時，才會對當代的精神與文化表達心中的疑慮。

如今戰爭爆發了，可說是文明崩解的結果。「追隨過往的我們」這個標題，頓時失去意義；原本是要對現代文明進行批判，顯示它的衰微與墮落，並喚起人們注意隨之而來的危險。但既然戰禍已經發生，還停留在起因上面打轉又有什麼用呢？

我也曾經想過，就單純為自己來撰寫這本過時的作品。但以戰俘之身，能夠確定手稿不被沒收嗎？還有希望重返歐洲嗎？以一種超脫於外的精神，我開始動筆了，即便後來獲准出外活動並能重新照料病人，寫書的工作依然持續進行。

十一月末，由於魏道爾的奔走（這是我事後得知的），拘禁得以解除。其實在解除令發放之前，禁止我與病人接觸的規定就已經行不通了。白人和黑人一致抗議，在沒有明顯理由的情況下，就把方圓數百哩內唯一的醫生拘禁起來，等於是剝奪了他們就醫的機會。結果，管區的司令官也不得不三天兩頭下紙條給守衛，讓有需要的病人可以見我一面。

在我比較自由地恢復醫療工作後，仍然設法找出時間撰寫關於文明的書。許多個思索疾書的夜晚，當我想到此刻有人正臥倒戰壕時，內心澎湃的情緒難以自已。

一九一五年初夏，我突然從迷惘中醒悟過來。為什麼只批判文明？為什麼將自己侷限在「追隨者」的解析？為什麼不多進行建設性的思考？

於是，我開始尋求能夠凝結文明意志並具實現力量的知識與信念。「追隨過往的我們」被擴充為重建文明的著作。

研究過程中，文明與世界觀之間的關連清晰可見。我由此領悟，文明的災難其實源自思想的衰敗。

真正文明的理想之所以失去力量，是因為其所根植之對生命的理想態度已逐漸流失。所有發生於國家或人類身上的事情，都可以追溯到一種精神性的原因，來自於面對生命的普遍態度。

但文明究竟是什麼呢？

文明的要素乃個體與社會在倫理上的完美呈現。同時，無論是精神或物質方面，每一項進步都具有文明的意義。因而，文明意志指的是：在倫理為最高價值的意識下，追求進步的普遍意志。儘管我們將科學與人類技能的成就看得如此重要，也不能忽略一個明顯的道理，那就是唯有朝倫理目標不斷奮鬥的人類，才能夠完全受惠於物質進步，並克服伴隨而來的危險。世界目前之處境，正可怕地印證了我們這個世代的錯誤判斷：相信進步之內在力量可以自然而然、自動自發地實現，不再需要任何道德理想，單靠知識與勞動便能往目標邁進。

要擺脫現今混亂狀態的唯一可能是，建構以真正文明理想為基礎的世界觀。

然而，結合一般性與倫理性之進步意志而形成的世界觀，其本質究竟為何？

它在於一種對世界與生命之倫理性的肯認。

那麼，什麼是對世界與生命的肯認呢？

對我們歐洲人及世界各地傳承歐洲思維的後裔而言，尋求進步的意志如此理所當然，以致於從來不曾想過它其實札根在一種生命概念，由某種精神活動產生。但是，如果我們環顧世界仔細觀察，很快就會發現那些想當然爾的觀念並不必然存在於每個地方。

在印度思想中，一味追求知識與能力以改善整體人類與社會生活條件，是非常愚蠢的。智者的態度應該是完全沈潛到自我，致力於內在生命的完美。社會及人類會變成什麼樣子，跟他毫無關連。其所謂內在生命之冥想，在於願意放棄自我生存的意志；藉由「無為」和「否定生命」來減低自我在塵世間的生存，以達致「空」的境界。

探討這種否定世界的怪異觀念，其根源頗耐人尋味。首先，它跟任何世界觀都無關，完全來自古代婆羅門僧侶之奇妙想法。他們相信只要從世界及生命中解放出來，就能轉化為超自然的存在，獲得神奇的力量。一些神祕的出神忘我經驗，促成了這種思想的發展。

拒絕世界與生命的觀念原本特屬於婆羅門，但隨著時代的演進，逐漸發展成一套思想系統，適用於所有的人。

由此可知，進步意志是否出現乃取決於對世界與生命之普遍看法。否定世界的概念排除了進步觀點，肯認世界則需要進步的意志。原始及半開化的種族由於未曾面對接受或拒絕世界的問題，所以也不存在任何進步的意志。他們的理想是過著最簡單、最沒有麻煩的生活。

歐洲人的進步意志也是在時代運轉中經過世界觀的改變才形成。最早的嘗試可見於古代及中古時期。古希臘思想試圖建立對世界與生命之肯定態度，但終究失敗而放棄。中世紀則受調和原始基督教觀念與希臘形上學的想法決定；這基本上也是對世界與生命的一種拒絕，因為基督教所強調的是超越性的世界，而非塵世間的生命。在這個時期流露之肯認世界的態度，乃得自於耶穌佈道中積極倫理的啟發，以及一群深受基督教影響、活力充沛之民族展現創造力的成果——基督教在這些人身上灌輸一種與其本質相違背的世界觀。

漸漸地，原本潛伏於歐洲民族之肯定人生的態度，經由民族大遷徙的過程而展露出來。文藝復興讓歐洲人擺脫了中世紀對世界與生命的否定；這種接納世界的嶄新態度注入了耶穌倡導之愛的倫理，呈現出一種倫理的特性。這種行動的倫理強度足以從其自身否定性的世界觀跳脫出來，進而對世界與人生採取新的肯認態度。透過這種方式，達致自然界中精神和倫理世界之理想境地。

因此，現代歐洲人為物質與精神進步努力奮鬥的特性，乃源自於他們所達成的世界觀。

承繼了文藝復興及相關之精神與宗教運動，人們開始從新的角度看待自我和世界。從此喚起一股需求，要創造更高的精神和物質價值，為個體與人類帶來轉變。現代歐洲人熱烈追求進步，不只是為了個人的利益；事實上，相較於自身命運，他們還更關切後世的幸福。進步的熱情佔據了一切。在發現世界是由某些力量依明確設計加以創造和維繫的之後，人們深受感動，決意成為世間具有目的性的積極力量。他們充滿信心，期待迎接人類更美好的新時代；而且也從經驗得知，眾人秉持並付諸行動的思想，終將克服環境、改造環境。

這種物質的進步意志與倫理的進步意志相互結合而產生作用，現代文明的基礎即建構於此。

近代歐洲對世界及生命所抱持之倫理性的肯認態度，在本質上與查拉圖斯特拉和中國思想（散見於孔子、孟子、墨子及其他偉大倫理思想家的著作）有著密切的關係。

從這些思想當中，都可以看到為了成就進步而努力改造民族與人類所處的環境。在中國文化及查拉圖斯特拉宗教影響下的地區，也都出現了肯定人生的文明；只是都以悲劇收場。基於查拉圖斯特拉哲學而建立的新波斯文明，被伊斯蘭教所摧毀。中國文明則由於受到歐洲觀念與問題的壓力，以及政經失序所導致的混亂而阻礙其自然發展，並面臨衰敗的威脅。

在現代的歐洲思想中，悲劇也在發生，因為肯定世界的態度與倫理之間原本有個緊密結合的紐帶，現在卻透過一種緩慢但無法抗拒的過程逐漸鬆弛、分離，而終至解體。於是，引導歐洲人的進步意志只剩下外在的物質層面，完全失去了方向。

外部性的肯定人生，只能產生部份的、不完美的文明。只有當它轉化於內在、變成倫理性的之後，進步意志才得以獲得區辨價值的能力。因此，我們追求的文明不該單單立基於科學和力量的累積，最應該關切的是個體與人類在精神和倫理上的發展。

現代的世界觀與人生觀如何從原初的倫理特質轉變為非倫理性的？

唯一可能的解釋是：倫理性並沒有真正根植於思想。開展文明的思想雖然高貴且熱情，但卻不夠深刻。倫理與肯定人生的態度之間有密切的關連，但那是出於直覺和經驗，而不是以證明為基礎。宣稱肯認生命和倫理原則，並未真正參透其間之本質與內在關係。

這種高貴且富價值的世界觀，建立於對事物真實本質之信仰，而非系統性的思想；因此注定隨時間衰退，逐漸失去支配人心的力量。對於倫理問題和人與世界之關係的後續思索，只會不斷暴露此觀念的弱點。所以，儘管原初意圖是為了辯護，結果卻適得其反，加速它的滅亡。曾經有人試圖用更為適當的基礎取而代之，但都沒有成功；眾多建構新基礎的嘗試，卻一再證明基礎之薄弱不足以支撐此上層結構。

關於文明與哲學之間的連結，我的思考雖然狀似抽象但絕對是實際的；我觀察出，文明的沒落是現代世界觀中對生命之倫理性的肯認持續弱化的結果。像其他許多人一樣，我已經從內在之必然確切掌握了沒落的概念，但卻沒有好好自問它究竟能獲得思想的多少支持。

一九一五年夏天，我的思索進行至此。但接下來該如何發展呢？迄今似乎無解的難題能夠解決嗎？使現代文明成為可能的世界觀是種虛妄的幻想，它注定攪亂我們的心靈但卻始終隱而不顯——這說得過去嗎？我們這個世代還延續此幻想，在我看來是既荒唐又可恥。只有當它自我呈現為某種思想性的產物，才在精神上確實為我們所有。

基本上我依然深信倫理和肯定人生是相互依存的，也是真正文明的先決條件。因此，打開僵局的第一步似乎是確定的：透過嶄新、真誠且直接的深度思索，獲致過去冀求、有時看起來又頗為真實的真理。

承擔這項任務，我感覺自己就像一個要出海的人，必須重新打造更好的船，來取代那艘腐朽的、不再經得起風浪的舊船，但卻不知道該如何下手。

接連幾個月，我的心情都不得安寧，日夜全神貫注地思索——甚至白天在醫院工作時亦然——肯定人生與倫理學的真正本質是什麼，以及它們之間到底有什麼關連；但始終沒有絲毫成果。彷彿迷失在苦無出路的叢林；或像全力推著一扇打不開的鐵門。

從哲學裡學到的倫理知識完全派不上用場。倫理學中「善」的觀念，全都是缺乏生命的、非本質性的、狹隘的、空洞的，根本不可能跟肯認的態度產生關連。

再者，哲學從未（或很少）關切文明與世界觀之間的連結問題。現代對生命之肯認顯得如此自然，以致於覺得沒有必要去探究它的意義。

我很驚訝地發現，經由文明及世界觀之反省所踏入的哲學核心範疇，竟然是個未經開發的領域。我試圖從各種觀點穿透其內，但只能一次又一次地宣告放棄。想要的概念就在眼前，但卻抓不住也表達不出。

懷著徬徨煩亂的心靈，卻還得在河上做長途旅行——那是一九一五年九月的事情。因為妻子健康欠佳，所以陪她待在羅培茲角靜養；後來被請去為體弱的傳教士太太佩羅夫人看病，她住在上游約二百五十公里處的恩哥摩。我唯一找得到的交通工具是一艘正要出發的小汽船，後面還拖著兩台載滿貨物的駁船。除了我之外，船上都是黑人，其中包括在蘭巴雷內認識的朋友奧古瑪。因為出門太匆忙而未備妥足夠的糧食，他們還大方地與我分享食物。

現在正值旱季，船隻費力地航行在沙丘間的河道，緩緩逆流而上。我茫然地坐在駁船甲板上，苦思哲學中探尋不到的最基本、最普遍的倫理概念。奮力思索的同時，我在一張又一張的紙上寫著不相連貫的隻字片語，只為了專注於這個問題。兩天就這樣悄然度過。第三天傍晚，船在日落時分正要穿越一群河馬時，心中毫無預警、毫無期盼地突然閃現「尊重生命」這幾個字；沈重的鐵門打開了，叢林裡的出路也看清了。我終於找到結合肯認世界與倫理思想的原則了！

在問題最根源之處，我領悟到倫理性的接納世界與生命，以及此概念下之文明理想，是有其思想基礎的。

那麼，什麼是尊重生命呢？它如何在我們內心發展呢？

倘若一個人要對自我及自我與世界之關係有清楚的理解，就必須放下由理性和知識創造出來的各種觀念，轉而反省自我意識中最根本、最直接的實在。只有從此既定事實出發，才可能獲致周延的思想概念。

笛卡兒以「我思故我在」做為思考的起點；選擇這個開端後，便往抽象之路不斷前進。這種空洞而造作的思考方式，對於人跟自我及人跟世界的關係自然無法產生任何結果。然而，在現實層面，最直接的意識行為是具有內容的。思考意味著思考某個對象。關於人類意識，最直接的事實是：「我是決意活在具有生存意志之生命當中的生命」；當人沈思於自我及周遭世界的每一瞬間，他都能感受到自己是被許多生命意志所環繞的生命意志。

自我的生存意志，包括對延續生命及生存意志之神祕性喜悅（我們稱之為「幸福」）的強烈欲望；也包括對毀滅及生存意志之神祕性損害（我們稱之為「痛苦」）的恐懼。而周遭的生存意志也同樣有這些欲望與恐懼，不管它是否向我表述或保持緘默。

人現在必須決定的是，在面對自我生存意志下該如何生活。他可以選擇拒絕生存，就像印度思想及所有悲觀主義的想法一樣；但是如果真把生存意志轉變為否定生存的意志，那就不免陷入自相矛盾之中。這是把生命哲學建構在一個虛妄的前提，它永遠不會實現。

印度思想和叔本華一樣充滿了矛盾，儘管強烈否定世界，卻又不得不一再向生命意志低頭，雖然他們並不承認這是種讓步。生存意志之否定只有在決定結束肉體存在時，才能貫徹一致。

肯認自我生存意志的行為，是自然而真誠的；因為那只是重新確認原本就已實現之行徑，將它從無意識中拉至思想意識的層面。

思考的起點（這個起點會一再重複）是：人對於自我的存在，並不單單以既定之物來接受，而是將之視為深奧難解的神祕體驗。

肯定人生是種精神性的活動，藉此人將不再渾噩度日，開始投入值得尊重的自我生命，為生命的真正價值而努力。肯定生命就是去深化、內在化和提昇生存意志。

同時，成為思考性存在的人感受到一股驅迫力，必須以同等尊重的態度面對每一個具有生存意志的生命。他用自我生命去體驗其他的生命。對這樣的人而言，善是維護生命、促進生命，以及將所有可能發展的生命提升至最高價值；惡則是摧毀生命、損害生命，以及壓制可能發展的生命。這就是倫理學絕對的基本原則，也是思想中的根本假設。

到目前為止，所有道德系統的一大缺憾是：它們只處理人與人之間的關係。然而，現實上我們不得不處理的問題是：面對宇宙及萬物時，我們應該抱持什麼的態度？人之成為道德性的存在，只有在他將生命本身視為神聖──包括動植物及其他人的生命──並願意奉獻自我去幫助所有需要幫助的生命。

對所有生命產生道德責任的普遍性倫理──只有這種倫理才能在思想中奠定堅實的基礎。人與人關係的倫理並非基礎，只是普遍性倫理中的一個片斷。

因此，「尊重生命」之倫理包含了一切能稱為愛、奉獻、同甘共苦、齊心協力的東西。

然而，這個世界卻提供了生存意志自我分裂的慘劇。一個存在以犧牲另一個存在為代價而生存；也就是一個存在摧毀了另一個存在。只有思考者的生存意志會意識到其他的生存意志，並渴望與之結為一體。但是這種結合卻不能完全實現，因為人總受制於一個令人困惑的殘酷法則：必須犧牲其他生命來換取生存，並一而再、再而三地陷入摧毀及傷害生命的罪惡感。然而，做為道德性的存有者，人將掌握每一個可能的機會，奮力掙脫這種必然性的制約；當人成為通曉事理的慈悲者後，他會竭其所能終止生存意志之分裂。他渴望證實自我的人性，解除其他存在者的痛苦。

由思想化之生存意志所產生的「尊重生命」，同時包含了緊密結合肯定人生及倫理的思想。它的目標在於創造價值，實現各種進步，以為個體和人類尋求物質、精神與道德上的發展。

相較於現代未經思索之肯認生命，不斷在科學與能力的理想中間躊躇搖擺；反思性的肯定人生以人類精神與倫理之完美實現為最高理想，其他形態的進步理想則藉此獲得真正價值。

透過對世界與人生的道德肯認，我們可以獲致更深一層的生命理解，進而辨別文明中哪些是本質性的、哪些是非本質性的。誇耀自我文明的愚蠢與傲慢將頓時消失。眼前的真理是：在現代知識與能力展現重大進步的同時，真正文明的實現並未變得容易，反倒更加困難。

精神與物質間的相互關係，成為一個迫切的問題。我們知道，必須與環境奮戰才能維護人性。許多在險惡社會條件下為了維護人性所進行之近乎絕望的戰鬥，我們必須儘可能地給予支援，讓它們得以重現生機。

經由思想深化之倫理的進步意志，將引導我們從充滿缺陷之粗劣文明進入真正的文明。終有一天，真正具有決定性的文藝復興必將來臨，它也將為世界帶來和平。

至此，《文明的哲學》一書全貌已經有了清楚的計畫。它很自然地分成四個部份：一、現代文明的匱乏及其原因；二、嘗試從過去歐洲哲學為肯認世界之道德態度建立思想基礎，探討它們與「尊重生命」觀念之間的關連；三、闡釋「尊重生命」的概念；四、文明化的國家。

第二部份是關於歐洲哲學為建立肯定世界之倫理基礎所進行的悲劇性奮鬥過程，我似乎是不得不寫，因為總感覺到一種內在的需求，對於現存問題非去探索其歷史發展，並為過去解答提供綜合性的說明不可。我從不後悔這種折磨人的傾向。透過對別人思想的了解，可以讓自己的思想更加清澈。

對於這項歷史研究所需要的哲學書籍，我原本就帶了一些到非洲；不夠的部份，則請蘇黎世的動物學教授史特羅夫婦寄給我。另外，蘇黎世知名的巴哈聲樂家考夫曼（我先前常用管風琴為他伴奏）也透過日內瓦平民俘虜管理局的幫忙，傳遞重要訊息，讓我不致與外在世界脫節。

在暫不顧慮作品結構的情況下，我把收集並消化過的資料有條不紊地寫成一篇篇的草稿。同時也開始完成某些章節。

當他人被迫在戰場進行殺戮時，我卻可以在這裡拯救生命，並有機會為和平時代的來臨盡份心力——每天我都為此莫大的恩寵深懷感激。

很幸運地，藥品和繃帶的供應都不曾短缺，因為戰爭爆發前才從一艘最後抵達此地的船上，接獲大批的必需品。

由於蘭巴雷內的悶熱空氣讓妻子的健康受損，我們前往沿岸地區度過一九一六至一九一七年的雨季。一位木材商提供我們一棟房子，位於奧克維支流河口邊，靠近羅培茲角的奇恩加。那原本是負責看管木筏的員工住所，不過因為戰爭而空無一人。為了回報他的好意，我也加入他雇用的非洲工人行列，將綑在木筏上的奧克曼原木滾到乾燥的陸地，好讓木材在等待重新運往歐洲的這一長段時間，不致遭受蟲蝕。

要把兩、三噸重的木材滾到岸上，經常得花好幾個小時；而且這份辛苦的工作還只能在滿潮的時候做。退潮時，只要不被請去看病，我就埋首於《文明的哲學》。

十四　俘虜營的生活

一九一七年九月，才恢復蘭巴雷內的醫師工作沒多久，就接獲命令，要我們立即搭下一班船到歐洲，將被送進戰俘營。幸虧船遲了幾天，所以在傳教士和一些非洲人的幫忙下，還有時間將身邊的物品（包括藥物和器材等等）裝箱整理，再全部收藏到一間小小的鐵皮屋裡。

關於《文明的哲學》的草稿，我根本不敢有隨身攜帶的念頭，因為海關檢查時，很可能就會被沒收。於是，我委託當時在蘭巴雷內工作的美籍傳教士福特先生保管。他說他寧可將這一疊厚重的包裹扔進河裡，因為哲學既無必要又具傷害性；不過基於基督徒的慈愛，他還是願意代為保管，等戰爭結束再寄還給我。然而，還是擔心草稿發生不測，為防止心血全數泡湯，我花了兩個晚上用法文寫出摘要，包括全書的主要概念，以及已完成章節之順序排列。我還特別為各章下了標題，讓它看起來像是文藝復興的歷史研究，如此一來與現實生活無涉，應該不會觸犯到檢查員。

出發前兩天，儘管物品尚未完全裝箱，我還得趕著為病人動疝氣手術。

當我們被帶上行駛於河流的汽船，一些非洲住民從岸邊真情地呼喊告別，天主教傳教團的神父團長以極具威嚴之手勢要試圖阻止他前進的黑人士兵退開，逕自走上甲板，跟我們握手致意。他說：「在我還沒有為你們所做的一切善事表達謝意之前，你們是不能離開這個國家的。」從此，我們就沒有再碰過面了。戰後不久，他所搭乘的「非洲號」（也就是帶我們回歐洲的那艘船）在比斯開灣沈沒，因而喪命。

到羅培茲角時，有位白人——我曾經治療過他的妻子——好心地表示，如果我缺錢的話，他願意提供資助。我現在是多麼慶幸，當初為了預防戰爭爆發，身上帶的都是金幣！出發前一個小時，造訪一位熟識的英國木材商，將這些金幣用不錯的匯率換成法國鈔票，然後縫在我們夫婦兩人的衣服內帶走。

在船上，我們被交給一位白人軍官看管。除了指定的服務員之外，我們不得與其他人交談；在某些特定時間，服務員會把我們帶到甲板上「放風」。既然寫作是不可能的，我就利用時間熟記巴哈的賦格曲和魏道爾的第六號管風琴交響曲。

服務員——如果沒記錯的話，應該叫做蓋拉德——對我們很好。航程快結束時，他問我們是否注意到，以對待俘虜的角度來看，他特別照顧我們。「三餐都按時送上，房間也清理的跟客房一樣乾淨。」（大戰期間非洲船隻普遍骯髒凌亂，這段描述相當正確。）「你們知道我為什麼這樣做嗎？」服務員繼續說：「當然不是為了多拿些小費，誰會對俘虜有這種期待呢？那麼是為什麼呢？告訴你們吧，幾個月前，有位高歐爾先生搭這艘船返鄉，就住在我值班的船艙裡；他曾在你們醫院待了好幾個月。有一天，他對我說：『蓋拉德呀，也許不久之後，你有機會遣送那位變成俘虜的蘭巴雷內醫生到歐洲。如果他真坐上了你的船，還請你為了我的緣故，在各方面多多照顧他。』現在，知道我為何如此善待你們了吧。」

抵達歐洲後，我們被帶往波爾多貝勒維爾路上的臨時軍營達三星期，那裡在戰時專門收容被拘留的外國人。沒多久我染上痢疾，所幸行李中還有些吐根鹼可以壓抑病情。不過，我後來很長一段時間仍深受此病所苦。

接著我們被帶往庇里牛斯山加瑞松地區的大型俘虜營。接獲搬離命令時，我們誤會了命令的意思，不知就是「當晚」要離開，所以完全沒有準備。深夜兩個憲兵要用車把我們載離時，發現所有行李都還沒收拾，以為我們有意抗命而動怒。再加上微弱燭光下打包行李的速度非常緩慢，於是他們失去耐性，想要丟下我們的東西，直接把人帶走。不過最後，他們還是同情我們，甚至幫忙收拾裝箱。對於這兩名憲兵的記憶，在日後經常提醒我控制自己的情緒，即便有理發怒時，也要保持耐性！

當我們移抵加瑞松，值班士官檢查行李時發現一本亞里斯多德《政治學》的法譯本——這是為了撰寫《文明的哲學》參考用的。他怒罵：「簡直太不像話了！他們竟然敢把政治書籍帶到戰俘營來！」我膽怯地向他解釋，這本書寫在耶穌誕生之前。「嘿，讀書人，這是真的嗎？」他問旁邊的士兵。這位士兵證實了我的說法。「什麼，你是說那麼久以前就有人在談論政治？」他反問。得到我們肯定的答案之後，他下了決定：「好吧，我們當今所討論的話題一定跟從前不同，依我看，你可以把書留下。」

「加瑞松」（普羅旺斯語為guérison，有「治癒」之意）原來是一間很大的修道院，許多病人都大老遠前來朝聖。政教分離以後，修道院便閒置下來，年久失修顯得有些殘破；直到戰爭爆發才重新啟用，收容敵對國家的男女老幼。營區主管是退休的殖民地官員，名叫維奇。他是個神智學者，執行勤務公正且仁慈；相較前任營長的嚴厲苛刻，大家對維奇更心懷感激。

抵達俘虜營的第二天，我站在庭院冷得發抖，有位俘虜前來自我介紹，說他是水車技師，名叫波克羅，並問我有沒有他可以效勞之處。他說他欠我一個人情，因為我曾經治好他妻子的病。我其實跟這位夫人互不相識。事情是這樣的：戰爭剛開始時，漢堡一家木材商的代理人克萊森，要從蘭巴雷內被遣送到達荷美的戰俘營，我準備了大批藥品，包括奎寧、布勞氏丸（碳酸亞鐵丸）、吐根鹼、二甲胂酸鈉、溴化鉀鈉和安眠藥等等，供他及其他遇上的俘虜使用。每個藥罐上，我都詳細填寫服用說明。當他再從達荷美送往法國時，在同一處俘虜營遇見了波克羅夫婦。當時，波克羅夫人食慾不振又有憂鬱症的傾向，克萊森先生從行李找出適當的藥物給她服用（這些藥品宛若奇蹟般地通過重重檢查而保存下來）；結果她得以痊癒。此一醫療機緣，讓我現在獲得了一張桌子做為報償，這是波克羅先生從倉庫某處拆下木板做成的。從此，我可以開始寫字了……也可以彈管風琴；先前在船上，我就曾利用桌子為鍵盤，地板為踏板，進行管風琴的演奏練習，就像我孩提時代用的方法。

幾天後遇到一群同樣被拘禁的吉普賽音樂家，其中最年長者問道，我是否就是羅曼．羅蘭所著《當代音樂家》中的那位亞伯特．史懷哲。聽了我的回答，他告訴我，他們從此會把我當成一份子。也就是說，我可以參與他們在倉庫的演奏，以及我們夫婦生日時可以享有小夜曲相伴。事實上，妻子生日當天在《霍夫曼故事》圓舞曲的美妙音樂中醒來，曲子演奏的極為高雅動聽。這些吉普賽音樂家原本在巴黎的高級餐館表演，他們被俘時獲准攜帶賴以維生的樂器，現在又得以於營區練習。

不久之後，營區多了些新伙伴，他們從其他廢棄的俘虜營轉送過來。他們才剛抵營區，就不斷抱怨伙食欠佳，批評佔據廚房工作的俘虜沒有做好工作。這可惹惱了俘虜炊事員，因為來加瑞松之前，他們個個都是巴黎一流飯店與餐館的專業廚師！

事情鬧到了營長那邊，當他問起抗議者當中有沒有人當過廚師時，竟然一個也沒有！帶頭鬧事的是名鞋匠，其他人的職業則有裁縫師、製帽商、編籃工及生產刷子的工人。然而在之前的俘虜營中，他們就負責炊事，並宣稱已精通調理大量伙食的技能，絕對跟小量餐點一樣美味可口。營長以所羅門式的智慧裁決，讓這些人接管廚房兩星期作為試驗。如果做的比前人好，就可以保持職務；否則將以擾亂安寧為由關禁閉。第一天，他們以馬鈴薯和甘藍菜證明所言不虛；接下來的每一天，又都是新的勝利。就這樣，非廚師被任命為新的「廚師」，那些專業廚師則被趕出廚房！當我問帶頭鞋匠其成功之祕訣時，他回答：「當然相關事情都要了解，但最重要的是，要用愛和關懷去烹調。」從此，當我獲知某人被任命為某部門的主管但卻對該領域一無所知時，不會再像以前一樣激動得跳腳，因為他也有可能如加瑞松的鞋匠般證明自己適任。

說也奇怪，我是俘虜中唯一的醫生。剛來時，營長嚴格禁止我與病患有任何接觸，因為那屬於官方駐營醫師——從附近鄉下來的一位老醫生——的職務。但後來，營長也認為應該讓全營受益於我的專業知識，就像俘虜中幾位牙醫造福大家一樣，甚至還提供一個房間給我做為診療之用。由於我的行李主要裝的都是藥品和器材（都已通過檢查），因此治療病人所需之物品基本上都很齊全。在這裡，我對殖民地來的俘虜和罹患熱帶疾病的船員幫助特別大。

於是，我再度成為醫生。空閒之餘，持續埋首於《文明的哲學》，並在桌子與地板上演練管風琴。

身為醫生，我得以窺見瀰漫俘虜營中的各種悲慘狀況。其中最糟的是那些因監禁而飽受精神創傷之人。從獲准進入庭院，到黃昏時分趕人回房的號角響起為止，他們不斷繞著圈子走，眼睛始終凝望牆外庇里牛斯山脈燦爛的白色光芒；其內心已經不再有動力做任何事情了。下雨天時，則漠然佇立於走廊。此外，他們大部分還患有營養不良症，因為已經對單調的食物逐漸生厭，雖然這裡的伙食就俘虜營的標準而言算是不錯的了。許多人也因房間沒有取暖設備而受寒感冒。對這些肉體與靈魂同時虛弱的人來說，一點點小病都會演變成重症，很難完全醫治得好。許多憂鬱情況持久不癒的案例，是因為他們悲歎好不容易在外地打拼出來的事業地位，卻於一夕之間化為烏有；即便有一天，加瑞松的大門打開，放他們自由，也不知道該去哪裡、該做什麼。有些人娶了法國太太，生下只會講法語的小孩——能要求妻小離開故鄉嗎？他們能夠在新的土地面對社會能否接納和尋找工作的種種艱辛困苦嗎？

俘虜營裡的小孩，個個臉色蒼白、受寒發冷，大部分都只說法語，總在庭院和走廊玩戰爭的遊戲。有些人扮演協約國聯軍，有些人則扮演德奧同盟軍的角色。

對於健康與精神狀況相對良好的人而言，俘虜營倒提供了不少趣味，因為這裡有來自各個國家三教九流的人物。其中包括學者和藝術家，特別是一些因戰爭而困於巴黎的畫家；受雇於巴黎大公司的德奧鞋匠和裁縫師；銀行董事、飯店經理、服務生、工程師、建築師、手工藝匠，以及家產遍佈法國與其殖民地的企業家；天主教傳教士和來自撒哈拉穿白衣戴紅帽的宗教團體成員；從賴比瑞亞及非洲西岸其他地區來的貿易商；來自北美、南美、中國和印度，在公海被捕的商旅人士；遭受同樣命運的德奧商船船員；在東方會戰中因種種理由被放逐的土耳其人、阿拉伯人、希臘人及巴爾幹半島諸國國民，其中土耳其人的妻子還都戴著面紗。每天兩次的庭院點名，呈現出多麼色彩繽紛的畫面啊！

在俘虜營要增廣見聞，不必靠書本，因為任何想學的東西，這裡都找得到專家指導；我掌握了如此特殊的學習機會，確實獲益良多。不管是財務、建築、工廠製造與設備、穀物栽培、火爐製造或其他各種知識，我都不大可能在別的地方學到。

也許被迫無所事事，感覺日子最難熬的是那些工匠。有一次，妻子弄到一塊布想要做件暖和的衣服，有好幾個裁縫師都表示願意免費製作，為的只是能把布拿到手中，手指間能夠再有針線幹活。

申請特許到附近農田幫忙工作的，不只是略懂農事之人，還包括習慣其他任何一種勞動類型的人。最不展現活動慾望的則是水手們，因為甲板的生活型態已讓他們知道如何用最簡單的方式共同打發時間。

一九一八年初，我們接獲通知，營裡將依姓氏的開頭字母挑選幾個「社會顯要」，送往北非的報復性俘虜營（如果我沒記錯地點的話），除非德國在特定期限內取消對付比利時平民的不當措施。我們還被勸告要把這個消息傳回家園，好讓親人運用各種手段奔走營救，看能不能避開厄運。所謂「社會顯要」指的是銀行董事、飯店經理、商人、學者、藝術家及其他有頭有臉的人物；之所以挑選這些人，是因為厄運加諸其身要比其他沒沒無聞者更能引起故鄉的關注。此項公告暴露出一個事實：俘虜營中的許多顯要，其實都不是真正的顯要。比如有些侍者領班，被送來這裡時謊稱自己是飯店經理，為的是想在營中享有某種地位；另外也有店員自抬身價成為老闆。現在，他們卻因自己偽報的身分而惹來危險，心中十分感嘆。不過幸好一切都沒事。德國對付比利時人的措施取消了，加瑞松真真假假的顯要都暫時不用害怕被送往報復營了。

經過漫長的寒冬，春天終於來臨；就在此時，我們夫婦倆接到命令，將被送往普羅旺斯區專為亞爾薩斯人所設的聖雷米俘虜營。儘管強烈請求撤銷命令——營長希望能把營區的醫生留下，而我們也已習慣此處，不想離開——卻始終未獲得正面回應。

三月末，我們被移送到聖雷米。營區不像加瑞松那麼「國際化」，收容的俘虜主要是教師、林務員及鐵路員工。不過，我在這裡倒遇見了許多舊識，包括鈞斯巴哈的年輕老師伊爾提斯，以及做過我學生的年輕牧師里布瑞希。他獲准在星期日主持禮拜儀式，我也以其副手的身分取得許多佈道的機會。

聖雷米俘虜營的營長是位馬賽的退休警官巴格瑙，在管理上非常有彈性。當有人問起可不可以做某件事時，他慣有的回答充分展現其隨和開朗的個性：「什麼都不允許！

但是如果你們的表現合理，某些事情是可以被容忍的！」由於他不會唸我的姓氏，所以都叫我亞伯特先生。

當我第一次進入底層那個大房間時，對它簡單、空蕩又醜陋的樣子，奇怪地生出似曾相識的感覺。我是在哪裡見過這個鐵爐，還有從房間一端橫貫到另外一端的長管呢？最後謎團解開了：是在梵谷的畫中見過的。我們居住的建築原來是修道院，座落於圍牆環繞的庭園中，後來用於收容精神病患，直到最近。梵谷也曾被關在這裡，他用鉛筆讓滿目荒涼的房間成為不朽，而現在輪我們棲身於此。當西北寒風吹起時，他和我們一樣受過冰冷石地板之苦！他也曾經跟我們一樣，在高牆內繞圈踱步！

因為俘虜當中還有一位醫生，所以一開始我都不需要和病人接觸，可以一整天為西方文明的哲學撰寫心得筆記。但後來這名同業因交換俘虜而獲准返鄉，我就變成營區的醫生；不過還好，工作沒像加瑞松那般繁重。

原本加瑞松的山間氣候已經讓妻子的身體好轉很多，但現在又得承受普羅旺斯的凜冽寒風；特別是石子地板讓她很不適應。我的狀況也好不到哪裡。自從在波爾多感染痢疾之後，體力就不斷衰退，雖然嘗試恢復，卻都沒有效果。我變得容易疲倦；夫婦倆也都無法參加特定日子所舉行的步行活動——在士兵監視之下，出外行走。俘虜步行的速度都非常快，因為希望藉此得到多一點的運動，也想在時間允許的範圍內走離營區愈遠愈好。要特別感謝的是，在這些的日子裡，營長通常會親自帶領我們及其他體弱的俘虜，一起出外走走。

十五　返回亞爾薩斯

由於妻子飽受囚禁與思鄉之苦，當七月中旬得知我們所有的人（或者該說是幾乎所有的人），在幾天後都將成為交換俘虜，借道瑞士回到自己的家鄉時，心中雀躍萬分。不過，營長接獲的釋放名單中竟然漏掉了我的名字；幸好妻子並未發現，省卻不必要的擔心。七月十二日午夜，我們被營方叫醒。一封電報傳來的命令，要求所有人即刻準備出發。這回，每個人的名字都在名單上了。當太陽升起時，我們拖著行李到庭院接受檢查。在這裡和加瑞松所寫的《文明的哲學》草稿，由於先前就送給營區檢查官看過，他在其中幾頁蓋了戳章，允許我隨身攜帶。當隊伍通過營區門口，我又跑回去見營長，發現他神情落寞地坐在辦公室；俘虜的離去讓他憂傷。至今我們仍然保持書信往來，而他總稱我為「親愛的寄宿者」。

在塔拉斯康的車站，我們必須在隔著一段距離的棚內等候火車。火車進站時，我與妻子由於行李過於沈重，幾乎無法移動。一個我在營區曾經治療過的可憐跛子過來協助我們；因為他一無所有，所以沒帶任何行李。我深受感動地接受他的幫忙。當他在烈日底下與我蹇步同行之時，我發誓為了緬懷其善行，今後每到車站，都要特別留意提著笨重行李的人並伸手相助。我真的實踐了這個誓願。然而有一回，當我願意提供幫助時，卻被誤以為意圖行竊！

當火車停留於塔拉斯康與里昂間某個車站時，我們受到一群紳士淑女的熱情接待，並被護送至堆滿豐盛食物的餐桌旁。盡情享用之際，身為主人的他們突然變得有些困窘為難，彼此匆促交談幾句後便離去。原來，我們並不是他們要歡迎招待的團體；他們等候的是從法國北方被佔領區釋放出來的難民，這些人在被德國人短暫拘留後，借道瑞士遣返法國，現在要在法國南方停留一段時間。

當車站播報「戰俘列車」進站時，原本打算慰問那些難民而組成的接待委員會便以為我們就是了。後來聽到我們說的是亞爾薩斯語而非法語，才發現弄錯了。由於場面顯得有些滑稽，恍然大悟的委員也不以為意，與大家笑成一團。不過最精彩的是，事情發生的如此突然，大伙兒忙著吃吃喝喝，根本沒有注意到任何異樣，還一直以為這份大餐正是為我們而準備，吃的非常心安理得。

後續的旅程中，火車的長度變得愈來愈長，因為在不同車站分別接上一節又一節由其他俘虜營來的車廂。其中有兩節載滿了修補匠、磨剪刀師父、流浪漢與吉普賽人，他們也都成為交換的俘虜。

火車在瑞士邊境停留了好長一段時間，直到一封電報傳來，載著對方戰俘的火車也來到瑞士的邊界。

七月十五日清晨，我們抵達蘇黎世。很驚訝地，有人把我叫出車外，原來是神學教授梅爾、聲樂家考夫曼及其他一些朋友。幾個星期前，他們知道我即將回來的消息，特別前來迎接。

前往康斯坦茨的路途中，我站在窗戶前，貪婪地飽覽瑞士植栽耕作的田疇與整潔的屋舍。我幾乎不敢相信，自己正在一個未經戰火肆虐的國家。

至於康斯坦茨，給人的印象就極為可怕。傳聞中的飢餓現象，第一次赤裸裸地攤在眼前。街上盡是蒼白憔悴之人，前進的步伐是如此消沈疲憊！他們還能站得住，已經夠叫人驚訝了。

妻子獲准立即與其雙親回史特拉斯堡；我則必須和其他人於康斯坦茨再待一天，直到完成所有必要的手續。回到史特拉斯堡時，天已經黑了。街上不見任何燈火，也沒有一絲光線自屋內穿透出來。為了防備空襲，整個城市都必須保持全黑的狀態。我不可能到得了岳父母位於遠郊的住處，甚至連找尋聖多瑪斯教堂旁費雪夫人的房子都有困難。

由於鈞斯巴哈位於戰區，為了取得尋找父親的許可，不得不拜會許多官員，填寫許多表格。火車最遠還能通到柯瑪，但接下來前往孚日山方向的十哩路則必須步行。

我在一九一三年耶穌受難日告別的寧靜山谷，現在竟然面目全非。山上隱約傳來隆隆的砲火聲；道路兩旁擺著紮捆稻草的鐵絲網，行人彷彿走在高牆之間。這是為了保護山谷的交通，以免遭受孚日山頂敵方砲火的攻擊。

到處都是架設機關槍的水泥炮台；許多房舍業已慘遭炮火襲擊。記憶中佈滿林木的山丘，如今光禿禿一片，只剩幾株燒焦後殘缺的樹幹。村落裡貼著公告，要每個人隨時攜帶防毒面具。

鈞斯巴哈是最靠近前線的村莊，隱藏於層層群山之中，尚未受到孚日山崗炮火的摧毀。在大批士兵與彈痕累累的屋舍間，居民依舊忙碌於日常生活，彷彿根本沒有戰爭發生似的。或許不能像從前一樣，隨時將白天收割的乾草從牧場搬運回家；正如每當警報聲一響，大夥兒就必須趕緊躲入地窖；以及當戰事逼近時，隨時可能接到立即遷離的命令，被迫放下所有財產——這一切似乎都習以為常，被看得理所當然。

父親對於周遭的危險早已痲痹，即便在敵軍砲火攻擊下也無動於衷；當大多數人都躲進地窖時，依然繼續看自己的書。他幾乎不記得有任何時候，屋內是沒有官兵的。

對戰爭漠然不理之人，還是會為農作歉收感到憂心。一場可怕的旱災，使得穀物乾枯，馬鈴薯也無法生長；牧草因為太過稀疏而不值得收割；牛棚中滿是飢餓牛群的吼叫聲。就算地平線的那端升起一道烏雲，帶來的也不是雨而只是風；風沙捲起，反倒帶走土壤中僅存的水分。在塵土飛揚之間，彷彿漂浮著飢餓的幽靈。

此時，妻子也得到許可來到鈞斯巴哈。

原本希望身處故鄉的山林間，能夠舒緩身體的疲憊，並消除時強時弱的發燒症狀，這種現象從待在聖雷米的最後幾週就開始了。如今一天比一天嚴重，直到八月底，伴隨著劇烈疼痛的高燒持續不退，使我驚覺在波爾多感染痢疾的後遺症，必須立刻開刀治療。我在妻子的陪伴下前往柯瑪；拖著病痛步行了六公里，才搭上便車。九月一日，由史托茲教授在史特拉斯堡為我動刀。

當有能力再度工作時，史特拉斯堡市長史萬德先生立刻安排我到市立醫院工作。在未知該何以維生之際，我欣然接受了這個職務，負責皮膚科裡的兩間婦女病房。同時，我也再度被任命為聖尼古拉教堂的副牧師。十分感激聖多瑪斯參事會把教會所屬位於聖尼古拉河碼頭沒人居住的牧師公館讓給我住，身為一個副牧師，其實是不符資格的。

休戰後根據協定，亞爾薩斯由德國的管轄回歸法國。有段時間，聖尼古拉教堂的禮拜皆由我一個人主持。因為發表反德言論而被德國政府撤職的傑羅德牧師，尚未被法國政府重新任命；至於接替尼特牧師的恩斯特先生，又因其反法立場被迫請辭。

在休戰時期及後續的兩年間，我成為萊茵橋海關人員熟悉的面孔，因為我經常背著裝滿食糧的背包前往凱爾，接濟德國挨餓的友人。特別是為了幫助科西瑪．華格納夫人，以及年邁的畫家漢斯．托瑪與其妹妹艾嘉莎。我認識托瑪已有多年，當時是透過舒姆夫人的介紹，其亡夫與托瑪是童年好友。

十六　醫生與牧師

我希望能利用兩項職務之餘的一點點時間，從事巴哈聖詠前奏曲的編寫工作。一旦取回在蘭巴雷內寫的手稿，便可以迅速完成美國版的最後三冊。然而，這份包裹似乎永遠也不會寄到，而美國方面也表示無意立即出版。所以，我就暫時擱下，轉而進行《文明的哲學》。

等候由非洲寄回《文明的哲學》手稿時，我埋首研究世界各大宗教及其世界觀。如同先前探究哲學時，想要知道它如何確認對世界之道德接納正是推動文明的主要力量；現在，我希望找出猶太教、基督教、伊斯蘭教、祆教、婆羅門教、佛教、印度教和中國宗教思想中，對世界及倫理學之肯定與否定究竟到達什麼程度。

在探索過程中，我發現原先秉持之論點得到了充分的證實：文明的產生乃建立於對這個世界的道德肯認。

明確拒絕世界與人生的宗教（如婆羅門教和佛教）對文明是漠不關心的；其悲觀主義的色彩引導人沈浸於孤獨的冥想。但另一方面，先知時期的猶太教、大約同時出現的查拉圖斯特拉宗教（祆教），以及中國的宗教思想，都包含了對世界的倫理性肯認，形成一股推動文明的強烈力量；它們尋求社會環境的改善，並召喚人們以目的性之行動為應該實現的共同目標而努力。

猶太先知阿摩司和以賽亞（西元前七六〇—七〇〇年）、查拉圖斯特拉（西元前七世紀）及孔子（西元前五六〇—四八〇年）在人類精神史上立下重大的轉捩點。在西元前八世紀到六世紀之間，分屬三個不同民族的思想家，居住國度相距遙遠，彼此毫無關連，卻在同一時間獲致相同的結論：倫理不在於對傳統習俗之順服，而在個體為同胞或社會環境之改善的積極奉獻。這項重大革命開啟了人類的精神進化，以及文明發展的最高潛能。

基督教與印度教對世界的態度，並非完全肯定亦非純然否定；兩種傾向並存其中，但又相互緊張。因此，可能助長也可能阻礙文明。

基督教一開始期盼世界末日的來臨，於是對改善自然世界的狀況沒有任何興趣，因而顯現出否定文明的態度；但它又同時含有積極倫理的元素，強烈展露對文明之肯認。

在古代世界，基督教是一股破壞文明的力量。晚期的斯多噶主義試圖改革世界，開展人類倫理價值，卻終告失敗，其中部份原因要歸咎於基督教。從埃比克提特斯等人的作品可以發現，晚期斯多噶主義的倫理觀點已經跟耶穌所言非常接近；不過，基督教基本上還是維持比較否定的人生觀。

到了近代，受到宗教改革、文藝復興和啟蒙運動思想家的影響，基督教改變了否定世界的態度。原始基督教堅信末世論，因而無法接納當下的世界；現在則開始肯認人生，轉變成可以助長或甚至創造文明的宗教。以此基調，它參與了對抗無知、無目的、殘忍粗暴及不公不義的戰鬥，現代新世界因而產生。就是因為基督教與歐洲哲學之強大倫理能量結合成一股動力，激發肯認人生的積極態度，並親身投入服務社會的行動，才發展出十七、十八世紀讓後代持續受惠之高度文明。

然而，十八世紀拒絕否定世界與人生的榮景並未維持多久，因為中古及後中古時代盛行之思想傾向又重新抬頭。基督教不再是文明的創造力量，關於這點我們可從當代歷史找到多方例證。

在印度教方面，它對世界及人生之肯認從未戰勝否定性的態度。十六至十八世紀基督教世界在思想家強力帶動下，徹底與傳統的厭世主義分離，這種現象不曾於印度發生。因此，儘管印度教有其倫理傾向，卻始終無法在東方實現基督教於同一時期所開創的那種文明。

至於伊斯蘭教，之所以能被稱為世界性的宗教，只因其傳佈範圍寬廣；在精神上它尚未充分開展，因為並沒有以深刻的世界或人生觀做基礎。如果其內出現任何雜音，也都會被壓制下來，以確保傳統的權威。不過，今日的伊斯蘭教已有所不同，它有著比外表更強烈的神祕主義傾向，以及更深化的倫理思維。

一九一九年聖誕節的前幾天，正忙於上述相關研究之際，我收到索德布隆大主教的邀請，希望在復活節後為瑞典烏普薩拉大學的奧勞斯—彼得里基金會做幾場演講。這項邀約完全出乎意外。自戰後隱居於史特拉斯堡，我就好像滾進沙發下的銅板一樣，外人已不復記憶。唯一與外界接觸的一次是在一九一九年十月。當時我排除萬難取得護照與簽證，耗盡家財湊足旅費，才得以前往巴塞隆納，讓奧菲歐・卡塔拉音樂廳的朋友們再次聽到我的管風琴演奏。突然的公開露面，才發覺自己仍然是深受喜愛的藝術家。

從塔拉斯康返回里昂的途中，我與「恩斯特・雷南號」艦上的水手們同行。當我問他們是否知道自己帽上繡的人名是誰？得到的回答是：「從來沒有人告訴我們，或許是個過世的將軍吧。」

若不是蘇黎世與伯恩地區的神學家對我的友好及關愛，我相信自己在學術界勢必已被全然遺忘。

在烏普薩拉大學演講的主題，是關於哲學與世界宗教中肯認人世及倫理學的問題。著手準備時，遺留在非洲的《文明的哲學》幾章手稿依舊沒有音訊，所以必須重寫一次。最初覺得非常不開心，後來慢慢發現，這種重複並非全然無益，也就比較釋懷了。直到一九二〇年夏天，從烏普薩拉回來以後，才終於接到非洲的手稿。

五年來一直縈繞在腦中的思想，終於在烏普薩拉首度得到迴響。當最後一場演講談到「尊重生命」原則的基本觀念時，我感動得幾乎說不出話來。

帶著疲憊、沮喪及虛弱的身體來到瑞典——因為一九一九年夏天，我才剛動完第二次的手術；結果在烏普薩拉清新的空氣和大主教家的友善氣氛中（我們夫婦倆在那裡作客），我恢復了健康，也重拾工作的樂趣。

大戰期間為了讓醫院得以運作而向巴黎傳教士協會及巴黎友人的借款，現在對我來說仍是筆沈重的負擔。有一回跟大主教散步時談到內心的憂慮，他建議我在瑞典——於戰時累積了相當財富的國家——舉辦演講及管風琴演奏會，還介紹我到好幾個城市。

一名神學院的學生索德斯特隆（幾年後擔任傳教士時不幸身亡）自願做我的旅伴。站在講台或佈道台旁，他將我關於叢林醫院的演講，逐字逐句以生動的方式翻譯出來，聽眾幾乎忘了自己聽的是翻譯過的演講。幸好我在蘭巴雷內服務時，就已經學會如何透過口譯方式進行演講的藝術！

這種演講的基本技巧就在盡量使用簡短、結構清楚的句子，並在事前與譯者仔細商討講演內容，使用其較為熟悉的形式。透過這樣的準備，譯者很容易就能理解原句的意義，好像一接到球便迅速地傳給聽眾。以此方式進行的演講，即使是科學論文也能成功；畢竟這要比強迫講者使用不熟悉的語言來虐待自己、荼毒聽眾要好得多了。

瑞典的古老管風琴，雖然不大，但音質優美，帶給我極大的喜悅。透過這些樂器，我可以盡情地採用自己主張的演奏方法來詮釋巴哈音樂。

經過幾個星期的音樂會和演講，我掙得一大筆錢，足以清償最急迫的債務。

七月中旬我離開瑞典，一個充滿愉快回憶的地方。此刻我也決意重返蘭巴雷內工作。之前，我一直沒有勇氣去想這件事，反而考慮是否回大學任教。前往瑞典前，某些跡象顯示瑞士有可能提供我這樣的機會；一九二〇年，蘇黎世神學院頒給我榮譽神學博士的學位。

十七　非洲回憶錄

回到家後，我即刻以《原始森林的邊緣》為標題，記錄非洲點點滴滴的回憶。這本書是烏普薩拉的林布雷德出版社委託我寫的，但因為有字數限制，工作起來並不輕鬆。當我全部寫好後，還必須刪除數千個字；刪減的過程比寫一整本書還要困難。有關叢林木材貿易的那一章原本要被完全刪除，不過在我堅定的請求之下，出版商最後同意將它補回。

被迫為著作計算字數，對我也是有好處的。從此以後，我總能約束自己——甚至包括《文明的哲學》在內——盡量用最精簡的方式表達。

《原始森林的邊緣》由拉格斐夫人翻譯成瑞典文，於一九二一年首度問世。德文版（最初於瑞士出版）和英文版也先後在同一年發行，其中英文版是由好友侃比恩翻譯完成。後來還陸續發行了荷文版、法文版、丹麥版和芬蘭版。

書中所附之精采照片主要由漢堡的克萊森所拍攝。他在一九一四年到蘭巴雷內採購木材；後來成為戰俘時，我提供藥品給他。

記錄西非原始叢林的活動，使我有機會針對原始民族在殖民化過程中所面臨之難解問題，闡述自己的觀點。

我們白人是否有權強加自己的規則與標準到原始或半原始的民族身上？我的答案完全是根據第一次世界大戰前後個人的經驗所得：如果我們僅為了支配這些國家並獲取其物質利益，則答案是否定的；倘若我們是誠心要教化他們，幫助他們走向幸福，那麼答案就是肯定的。一旦有跡象顯示，這些人可能自給自足，我們便該離去，讓他們自治。然而，不能迴避的事實是：世界貿易侵入這些地區，已經深到無法讓時鐘倒轉回歸原點。他們因世界貿易而失去自由；非洲人原本的生活方式及社會經濟環境也都遭到破壞。在一種必然的趨勢下，酋長們運用貿易活動獲取武器和金錢，進而奴役大眾，使得大多數的人民變成奴隸，必須為控制出口貿易之少數人的利益而工作。

有時候，就如同奴隸交易時代一樣，被奴役者本身成為商品，可以用來交換金錢、鉛、火藥、香煙和白蘭地。

許多對殖民區統治者犯下不義、暴力及殘酷行為的指控，完全都是事實；而造成這種現象的責任，絕大部份應該由我們承擔。保持沈默與掩蓋事實，使得我們對非洲住民的傷害持續至今。即便現在，准予殖民地的原住民獨立，也只是將剝削者轉換成他們自己的同胞，如此並不能彌補我們的錯誤。

唯一可能的途徑是運用一切力量尋求原住民的福祉，因而在道德上得以正當化我們的所作所為。要知道，就算是殖民主義也能呈現具有道德價值的行動：它曾經終止了奴隸交易行為；曾經消除非洲各民族間無休止的內戰，使大部分的地區能夠維持和平；也曾經在許多方面努力改善殖民區的條件，讓世界貿易所帶來之剝削情況稍加減緩。我真不敢想像，如果把目前還可以約束商人（包括白人和黑人）、保護弱者權利的政府單位撤離，在奧克維區森林工作的那些原住民伐木工人會變成怎樣。

悲慘的事實是：殖民利益與文明利益不盡然能並行不悖，反而經常背道而馳。如果能讓原始民族盡量與世界貿易切割，恐怕是最好的方式。如此一來，在明智審慎的政府管理下，他們就能從遊牧或半遊牧的生活形態，漸漸轉變為定居式的農民或工匠。然而，這是不可能的，因為他們不會甘於放棄在世界市場販賣物資賺取金錢的機會，一如世界貿易市場也不想失去從原住民手中購得原物料，之後再向他們兜售加工製品的賺錢機會。因此，要推行一個能夠邁向真正文明的殖民計畫，是非常困難的。原始住民如果能好好發展其農業，再依自我需要進行交易，其實就足以獲致真正的富裕；不過，他們卻只想生產世界市場需求之物資或商品，因為這樣才能賣得好價錢。然後，利用賺來的金錢再去購買加工過的物品及處理過的食物，於是家庭產業變得多餘，甚至還經常威脅到其自身農業之穩定。這是所有能為世界提供稻米、棉花、咖啡、可可、礦物、木材及其他種種相關貨品之原始或半原始民族的共同處境。

每當原木市場鼎盛時，奧克維地區就出現飢荒，因為當地居民為了儘可能多砍些樹木，而荒廢其農作。他們在工作的沼澤地和森林裡，就靠著進口的米和加工食品維生，而這些食物是由其勞力所換來的。

文明的殖民政策應該在出口貿易上，盡量避免雇用任何會影響當地內需市場，尤其是本土農業的勞力。人口愈稀疏的殖民地，其區域之健全發展就愈難與世界貿易的利益相互協調。增加出口貿易並不一定代表殖民地的進步，反而經常意味著走向毀滅。

鐵路與公路的建設對當地住民也會產生難題。要終結辛苦的人力搬運，將食物帶入飢荒肆虐的災區，以及發展國家的貿易，鐵公路之建造便成為必需；但同時，也伴隨著阻礙地區發展的危機，因為它可能要求該地提供超過其正常供給的勞力。並且，在殖民區建造鐵公路總會導致許多人喪命，這是不能不嚴肅考量的事實，即便在勞工可能獲得最好食宿待遇的條件下（實際上這種狀況根本不多見）也必須正視。別讓公共建設造福鄉里的美意，全被破壞殆盡。所以說，從事任何區域的開發都要非常慎重。計畫的推行必須緩慢漸進，有時甚至可以停下腳步，重新檢討評估。經驗告訴我們，多一份小心往往能挽救許多人的生命。

為了開發地區的利益，將偏遠村落搬遷到鐵公路沿線或許有其必要。然而，除非真的沒有其他選擇，否則這種做法或其他侵害當地居民人權之行徑都應該避免。

有些官員為了彰顯自身功績而在殖民地須行特殊法令，不知激起了多少強烈的民怨！關於今日爭辯不休之強制勞動的議題，我堅決主張在任何情況下，非洲人民都不該被有關當局強迫工作，無論時間的長短，也無論是為了私人企業或補償稅金。要求人民勞動，應該是從公共利益的考量出發，而且應該由政府單位監督。我們絕對不能利用加稅來強迫非洲人民工作。當然，他們會為了賦稅而工作，然而隱性的強制勞動並不會將一個無所事事者改變成勤勉之人。不公不義的方式無法產生道德上的效果。

當今世界各殖民地區的賦稅都高得嚇人，民眾根本負擔不起。由於缺乏概念，幾乎所有殖民地的住民都背著龐大負債，沈重的高利貸壓得他們喘不過氣。

教育人民的問題與經濟和社會問題息息相關，其複雜度並不下於其他。農業與手工業是文明的基石；只有建立這個基礎之後，方能使部份人口轉而從事商業與智識方面的工作。

所有殖民地——不只是原始或半原始民族所在區域——都面臨一個共同的不幸，那就是進入學校受教育者，後來都喪失了農業與手工藝的能力。未將二者並肩發展，階級上的轉變導致不健康的經濟與社會狀況。建設性的殖民教育，應該引導當地人民走向農業與手工業，而不是排斥它們。每一所殖民地的學校，除了智識上的學習之外，也要伴隨各種手工技藝的傳承，不得偏廢。為了促進非洲文明，使原住民學會如何燒磚、建築、鋸木，並熟悉榔頭、鉋刀、鑿子的用法等等，都是非常重要的。

然而，最重要的當務之急是，必須防止原始與半原始民族的滅亡。其生存正遭受嚴重的威脅，主要肇因於貿易行為所提供的酒精、白人傳入的疾病，以及原先就已存在但因殖民所帶來之便捷交通而廣為蔓延的疾病（如嗜眠症）——如今，有超過數百萬的非洲住民正遭致疾病之危害。

因輸入酒精而引發的災害，如果只像從前那樣禁止白蘭地和蘭姆酒卻開放葡萄酒和啤酒，是無法消弭的。葡萄酒和啤酒在殖民地所帶來的危險，遠比歐洲地區嚴重許多；因為為了讓它們能在熱帶或亞熱帶地區保存，總會添加純酒精進去。再加上，禁止白蘭地和蘭姆酒進口，反而大大增加了對葡萄酒和啤酒的需求。因此，要想杜絕酒精對原住民的傷害，唯一方法就是完全禁止輸入所有含酒精的飲料。

幾乎所有殖民地在對抗疾病的努力上都付出的太少也太慢。主張派遣醫療協助的立論理由，往往是為維護「人力資源」，如此才不致於使殖民地失去價值。然而，這個議題不該只是功利性的考量。在教化人民的同時，卻將協助我們抵抗疾病、痛苦和死亡的科學留作己用，實在是太不可置信了。如果在我們之中還存在任何道德性的思考，怎麼能拒絕將這些新的發明嘉惠於遠方那些比我們承受更多肉體痛苦的人？除了政府單位派遣的醫生——他們所能完成的只佔我們應該做的極小部份而已——其他醫師也應該基於社會良心所驅策的人類責任感，向殖民地前進。凡親身體驗過痛苦與焦慮之人，都該懂得伸出援手，確保那些身受苦痛而需要幫助者，也能跟自己先前一樣獲得同等的協助。此時，他不再屬於自己個人，而是所有受難者的同胞。正是這種「承受痛苦烙印之同胞情誼」，催生了殖民地的人道醫療服務。身負使命的醫療人員必須以真正文明之名，為遠方呼救的受難者奉獻心力。

由於我對「承受痛苦烙印之同胞情誼」所蘊含的基本真理深具信心，因而能夠鼓起勇氣在蘭巴雷內創建叢林醫院。

最後，我必須堅定地表明，我們不能把造福殖民地人的行為視為一種恩惠或善舉，它其實是贖罪——為了彌補我們白人自第一艘船靠岸後，便強加在這些人身上的可怕傷害。現在殖民地所面臨的問題，無法單以政治手段來解決，必須引進一項新的元素：白人和黑人必須在充滿倫理精神的氛圍中交會，只有這樣才有可能相互溝通與了解。

十八　寫作與演奏生涯

一九二一年聖枝主日前的星期天，我很高興能在巴塞隆納的奧菲歐．卡塔拉音樂廳的巴哈《聖馬太受難曲》首演音樂會中擔任管風琴手——這是該作品在西班牙的第一次演出。

一九二一年四月，我辭去史特拉斯堡的兩項職務，希望今後能靠寫作和管風琴演奏維生。為了安靜地投入《文明的哲學》，我帶著妻子和女兒——她生於一九一九年一月十四日，這天也剛好是我的生日——搬回鈞斯巴哈的父親家中。不過，我還是得常去史特拉斯堡的圖書館找資料，有時會花上好長一段時間，於是也在城中找了一個落腳處，位於蒜頭街一棟老房子的頂樓，那是迪茲—哈特牧師遺孀的家。

撰寫工作經常被出外旅行打斷。許多大學邀請我演講，談論文明的哲學或原始基督教的問題。另外也透過有關蘭巴雷內醫院的演說，為醫院籌措持續經營的資金。至於管風琴演奏會的收入，則確保我返回非洲後不用操煩個人與家庭未來的生活。

一九二一年秋季我待在瑞士；十一月，又從那裡轉往瑞典。隔年一月底，離開瑞典到牛津，為曼斯菲爾德學院的「達爾紀念講座」發表演說。之後，陸續在伯明罕的塞利．歐克學院、劍橋大學及倫敦的宗教研究學會演講（講題分別是「基督教和世界宗教」、「末世論的意義」和「保羅問題」）。我同時也在英國辦了幾場管風琴的獨奏會。

一九二二年三月中旬，從英國再到瑞典，舉行了更多的演講與音樂會。才回國沒多久，又立刻前往瑞士，為演講及音樂會停留好幾個禮拜。

一九二二年夏天，我有一段空檔可以不受干擾地專注於《文明的哲學》。秋天又再度啟程前往瑞士；之後，應哥本哈根大學神學系的邀請，辦了幾場倫理學的演講；接著又到丹麥各城鎮舉行管風琴演奏會及發表演說。

一九二三年一月，應克勞斯教授之邀在布拉格講演文明的哲學。我也因而與這位布倫塔諾的忠實弟子建立真摯的友誼。

這幾年的經驗是多麼地奇妙啊！當我第一次去非洲時，內心準備要做三種犧牲：放棄管風琴；退出深愛之學術教學活動；喪失經濟上的獨立，從此都得仰賴朋友資助。

起初在這三方面也確實有所犧牲——只有親近的好友知道我付出的代價有多大。但是接下來的命運，就和準備犧牲自己兒子的亞伯拉罕一樣，預計的犧牲被免除了。幸虧有健康的身體，再加上巴黎巴哈學會贈與一座附有踏瓣的特製鋼琴，使我在熱帶氣候中還能維持管風琴的演奏技巧。在叢林裡的四年半期間，我和巴哈一起度過許多平靜的夜晚，也因此更深刻地穿透其作品精神。返回歐洲後，我不但沒有退化成業餘的藝術家，反而擁有更精湛的技巧。

至於卸除史特拉斯堡教職之憾，則從各大學的演講機會中獲得補償。也因此，即使先前有段時間喪失經濟的獨立，現在卻能靠管風琴和著作恢復過來。三種犧牲都失而復得，這樣的經驗使我更加堅定，足以面對戰後期間的重重困難。

一九二三年春季，完成了《文明的哲學》頭兩卷，並於同年正式出版。第一卷題名為《文明的衰敗與重建》，第二卷則以《文明與倫理》為名。

「道德」（moral）及「倫理」（ethical）兩個語詞，基本是同義的，皆有遵從既定習俗之意；前者來自拉丁語，後者來自希臘語。一般在使用上，「道德規範」與道德認知及道德行為相關，「倫理學」則包含了道德科學及對「善」（Good）這個概念的學術探索。

在《文明的衰敗與重建》中，我描述了文明與世界觀之間的關係。

我認為，十九世紀哲學該為文明的衰敗負起責任。對於啟蒙時代所存在之文明關懷，它不知該如何維繫。原本應當承續十八世紀未完成的工作，闡述倫理學與世界觀之間自然且基本的連結；但十九世紀卻逐漸迷失於非本質性的枝節問題。它揚棄了人們對世界概念的自然探尋，反而致力發展哲學史的科學，形成一種立基於歷史與自然科學的世界觀。然而，這種觀點缺乏活力，無法維持強大的文明。

正當文明哲學失去其力量時，另一項危機接踵而至。機械時代所創造的生活環境，使文明很難持續進展。再加上人們沒有倫理性的世界觀，文明因而衰敗。

現代人過度勞碌，喪失了專注的能力，也在各個層面失去其精神性。對歷史事件及現實生活之錯誤詮釋，導引出一種完全不含人道理想的國家主義。因此，我們的思想必須改變，轉向由真正文明理想所激發的世界概念。如果能夠開始對倫理學，以及我們跟宇宙之間的精神關係進行反省，就已走上由非文明重返文明的正確道路。

我對文明下了一個極為普遍的定義：生活各領域中的精神與物質進步，並伴隨著個體及人類倫理上的發展。

在《文明與倫理》中，我敘述了歐洲思想為達致世界及生命之倫理概念所做的悲劇性努力。原本也想說明世界各宗教朝文明哲學發展的奮鬥歷程，不過為了避免著作太長，於是改變計畫，只對此主題做些簡短的提示。

我有意避開專業性的哲學術語；訴求的對象是所有具備思考能力的人，希望喚起他們對每個人心中之存在問題的基本思索。

人類曾經試圖追求對生命與世界之深層道德肯認，不過卻終告失敗，這段奮鬥的歷程究竟如何？蘇格拉底努力證明倫理是合理的，對肯認世界與生命之理解亦有其意義；但某種邏輯的必然推演，導致最後的放棄。接下來的斯多噶學派，則由脫離現世之智者展現其哲學理想。

一直到後期的斯多噶主義者，如奧里略、埃比克提特斯、塞內加等人，才發展出深具信心的倫理概念，賦予個人現世活動之義務，以開創更好的物質與精神條件，培育人道理想。

斯多噶主義後期的世界觀，在某種程度可視為十八世紀「服膺理性」之先驅。此思想剛現身歷史舞台時，強度不足以確立自己的地位，也無法發揮其改革力量。遵奉斯多噶主義的統治者確實堅守信念，並在思想的引領之下試圖扭轉乾坤，制止古代世界的衰微；然而，統治者的視野未曾對一般群眾造成任何的影響。

晚期斯多噶主義和十八世紀的理性主義，如何產生對人世之道德肯認呢？它們並非接納世界本身的模樣，而是把世間事件的進程視為具有理性與道德之宇宙意志的展現。其肯定世界之倫理意志，是以自身常識去詮釋活躍於歷史進程的力量，此一態度並未提供客觀的世界概念，但卻表現了高度的倫理動力。

每當哲學對世界呈現倫理性的接納，這種過程就會重複發生。從對世界歷史演變之詮釋衍伸出一個原則，能讓歷史軌跡變得可以理解：它是有意義的，是以某種方式朝向倫理目標前進。於是，人類便可藉由自身的倫理行動，為宇宙之共同目的服務。

孔子和查拉圖斯特拉對人生之道德肯認，所根據的也是建構於上述假設的世界觀。康德、費希特、黑格爾及其他思辯哲學的偉大思想家，對於十八世紀簡單而素樸的道德理性主義理論並不滿意。經由更為複雜的思考運作，他們得到的結論是：唯有透過正確的知識理論，或對時空世事脈絡中的純粹「存在」本身進行邏輯性的理解，才能獲致肯定生命之倫理觀點。

這些龐大的思想體系顯露出人為的精密與複雜，十九世紀初的知識分子由此認定，他們已經證明肯定生命之倫理是理性思索的邏輯結果。然而，這種喜悅並沒有持續多久。十九世紀中葉，在實在論及科學思考方法的壓力下，邏輯性的空中樓閣崩解倒塌了。此後進入一段劇烈的除魅時期。理性放棄了所有能讓世界變得可以理解的嘗試，無論是靠人為操縱或自然力量。它決定自我退縮，完全順從實在界本身，只希望從現實汲取能與世界之道德肯認協和一致的行為動機。但是很快就從經驗中發現，實在界根本拒絕提供原先預期的結果。單單藉由理性，無法產生對世界的詮釋，可以作為指引人類倫理行動的方向。

理性並不能立即了解其中的限制。然而，一旦原先的倫理理想失去動力，問題就變得顯而易見。理性想藉由對世界之合理詮釋來恢復舊有立場的嘗試，勢必將面臨失敗。

「尊重生命」的哲學則以世界本身的模樣來看待世界。這個世界意味著：榮耀中蘊含可怕；充滿意義當中又顯得漫無目標；歡喜之中帶有悲傷。無論抱持怎樣的觀點，世界對我們而言仍然是個謎團。

然而，這並不代表我們應該因為放棄對世事進程進行意義性理解的希望，而不再思考生命的問題。「尊重生命」的原則引領我們跟世界建立一種精神性的關係，它並不仰賴於對宇宙的充分理解。藉此內在之必然，我們得以穿越因退卻而形成的幽暗山谷，攀上對世界予以道德肯認的光明巔峰。

我們不再需要從宇宙知識推演倫理的世界觀。在「尊重生命」的原則中，我們掌握了以自身為基礎的世界概念。每當我們審慎反思自我及自我與周圍生命的關係時，這個概念便會不斷更新、不斷復甦。它不是周延的知識，而是對跟我們發生密切關連之世界的完整體驗。

所有貫穿到最深處的思維，終將達致倫理的神祕主義。凡理性者，發揮至極必成非理性者。「尊重生命」之倫理神祕主義是種理性思想，其力量得自於人類存在的精神本質。

當我還在校對《文明與倫理》的稿子時，就已經開始打包二次非洲之旅的行李。一九二三年秋天，該書的印刷工作被中斷了一段時間，因為德文出版商所屬之印刷廠——位於巴伐利亞境內的諾德林根——被政府徵用，幫忙印製鈔票以因應通貨膨脹。能夠再度前往叢林工作，要感謝遍佈亞爾薩斯、瑞士、瑞典、丹麥、英國及捷克的朋友，他們在聽完我演講之後便決定提供財務資助。

赴非之前，打算出版先前在伯明罕塞利歐克學院的演講：「基督教和世界宗教」。講稿中，我嘗試從哲學立場來定義宗教的本質，並分析倫理學，以及肯定與否定人生在各宗教所扮演的角色。

只可惜沒有足夠的時間綜合整理我對世界宗教的研究，因此只能大致依照原來講稿出版。

忙於整理行李之際，我還找尋空檔，安靜地撰寫幼年和青年時期的回憶錄。這件事與先前造訪好友費斯特博士有關，他是蘇黎世著名的心理學家。一九二三年初夏，從瑞士西部前往東部的途中，必須在蘇黎世等候兩個小時，於是便趁此機會拜訪他。他先端上飲料，讓我舒展身體及休息，然後要我把腦中浮現的童年往事敘述出來，他想用在一本青少年的雜誌裡。不久之後，他把那兩個鐘頭速記下來的內容寄了一份給我。我請求他先別出版，等我找機會完成後再刊登。在即將動身前的一個星期天下午，當時雨雪交加，我細細回顧年輕時期的點點滴滴，將一些令我情緒翻攪的感想寫下，做為那篇文章的後記。後來，全稿以《童年和青年時期回憶錄》為名出版。

十九　二度赴非：一九二四—一九二七

一九二四年二月十四日，我離開史特拉斯堡。妻子因為健康狀況不佳，無法同行。她在此情形下還願意犧牲自己，同意我重返蘭巴雷內，我對她永懷感激。同伴吉勒斯比是牛津大學化學系的年輕學生，他的母親將他托付給我做幾個月的助手。

我們在波爾多準備登船時，檢查旅客行李的海關人員對我起了疑心。因為我攜帶四個馬鈴薯袋子，裡頭裝滿尚未回覆的信件；我原本打算在旅程中回信。他從未見過帶著這麼多信件的人。由於當時嚴格禁止法幣外流至其他國家——每個旅客只允許攜帶五千法郎——他懷疑我將錢藏在信件裡面。因此，他整整花了一個半小時逐一檢查信件；直到第二個袋子見底時，他才搖搖頭放棄。

搭乘荷蘭籍貨輪「歐列斯提號」的漫漫旅途中，讓我有機會熟悉非洲西海岸各個地區。四月十九日星期六，也就是復活節的前一天清晨，我們終於抵達蘭巴雷內。

醫院僅存鐵皮搭建的小屋，以及一間大竹屋的硬木支架。我不在的這七年間，其他建築都已腐朽倒塌。由醫院通往醫師住處的山徑，藤蔓雜草叢生，幾乎找不到原來的道路。

當下第一要務就是簡單修復屋頂腐爛破漏的竹屋，以及兩間尚未完全倒塌的醫院建築；然後再花好幾個月重建倒塌的房子。這項工作讓我十分疲憊，以致於無法按照計畫在晚間處理《使徒保羅的神祕主義》。這本書於一九一一年開始動筆，我是第二次把它帶到非洲來。

在那幾個月裡，我過著上午是醫生、下午是建築工頭的生活。由於戰後木材貿易再度興盛，吸引了所有的勞動人力，於是很不幸地，醫院幾乎找不到工人。我因而必須接受一些「義工」的幫忙，他們都是醫院裡病患的伴護或是正在調養復建中的病人。但是，他們對這份工作並不熱心；需要他們的時候卻經常無端消失。

回到非洲不久的某日，一位已經相當非洲化的老木材商在旅途中前來和我們共進午餐。離開餐桌時，他覺得好像該讚美我幾句，於是便說：「醫生啊，我知道你的風琴彈得很好，我自己也非常喜歡音樂，要不是為了避開即將來襲的暴風雨，真希望你能為我彈奏一曲歌德的賦格。」*

病患人數不斷攀升，所以我在一九二四和一九二五年，從歐洲分別請了兩位醫師及護士前來幫忙。

一九二五年秋季，醫院重建終於完成。能夠在晚上重拾有關聖保羅的撰寫工作，心中頗感欣慰。然而，一場嚴重的飢荒開始了；因為全區的人都忙著投入伐木工作，卻忽略了田裡農作。同時，可怖的痢疾傳染也蔓延開來。有好幾個月，我和助手單單為這兩件事就忙得不可開交。當醫院斷糧無法供應病人時，我們得搭兩艘汽艇「米凱特號」和「拉路普號」（一艘是瑞典朋友送的，另一艘則來自日德蘭半島的友人）四處收購糧食。

痢疾的流行使我認清，有必要將醫院遷到面積較大的地方。想在傳教團的領地進行擴建是不可能的，因為所能利用之處皆被河流、沼澤和陡峭的山丘圍繞。這裡的建物大概只能容納五十個病人及家屬，但我們現在每晚約莫要提供一百五十人的住宿。重建醫院時我就意識到這個需求，但心裡只盼望著病患大幅增加的現象不會持久。

---

*這位木材商把樂器和人名都搞混了。

痢疾傳染揭露出另一個威脅醫院的危險：我們沒有傳染病的隔離病房。由於無法將痢疾病患與其他人隔離，這種傳染病很快就擴散到整個醫院。

我們正處於一個險峻的時期！

還有一件極為不便的事情，就是缺乏安置精神病患的地方。遇上具有危險性的患者時，經常無法收容，因為唯一的兩間單人病房早就不敷使用了。

所以儘管有些猶豫，最後還是下定決定將醫院遷到河流上游大約三公里的地方。在那裡，我們能依照需求擴建。基於對資助者的信心，我才膽敢利用遷建的機會，將原來的老舊竹屋（其屋頂是用拉菲亞樹葉做成的，經常需要整修）完全改成較為昂貴的鐵皮建築。為了保護醫院不受河水氾濫及暴風雨後土石流的侵害，我變成摩登原始人，住在木樁架高的鐵皮屋村落。

醫院的專業事務幾乎都交由同事處理，他們是內斯曼醫生（亞爾薩斯人）、勞特堡醫生（瑞士人）和特瑞茲醫生（也是亞爾薩斯人，來接替內斯曼醫生的）。而我則有一年半的時間變成監工，監督工人砍伐選定區域的樹木，然後搭建房子。

我必須擔任這樣的工作，因為由病患親友和復建中的病人所組成的「義工團隊」，成員經常更動，而且他們也只聽從「老醫生」的指示。當我監督一群工人砍樹時，接獲布拉格大學哲學系頒給我榮譽博士學位的消息。

建地一整修完成，我立刻開墾旁邊的土地準備種植農作。將叢林變為農地是多麼叫人高興的事情啊！

就這樣一年又一年，我們在醫院周邊建立「伊甸園」。先前播種培育的幾百株果樹樹苗已經種下，將來結實纍纍，足以任人採摘，根本沒有偷竊的必要。我們已有木瓜、芒果和油棕櫚達到這種成果。木瓜的產量已經超出醫院所需；至於芒果樹與油棕櫚，森林裡原本就有很多，只要把周邊其他樹種砍下，就會自然而然形成一片果園。現在是因為纏繞的藤蔓與遮蔽的大樹阻礙它們成長，一旦予以剷除，立刻能開花結果。

當然，這些果樹一開始並不屬於原始森林。芒果是在河岸村居的部落傳進來的；油棕櫚則是鸚鵡從附近村落帶入森林。赤道非洲的叢林並沒有生長食用果實的原生樹種；來到這裡的旅行者，一旦缺糧便會餓死。現今廣為人知的香蕉、木薯、油棕櫚、芒果及其他可供食用的植物，其實都不是赤道非洲的原生種，而是歐洲人經由西印度群島或其他熱帶國家引進來的。

遺憾的是，由於潮溼與酷熱使得果實無法保存，一旦摘下很快就開始腐爛。為了供給病患所需的大量菜蕉*，依然得靠鄰近村落供應。事實上，雇用勞工種植香蕉所需的成本，要比向村民收購河邊農地的菜蕉還高出許多。不過，非洲住民幾乎都沒有種植任何果樹，因為他們並不定居在一個地方，而是經常遷移。

正因為香蕉無法保存，所以必須隨時儲藏大量的米，以防附近香蕉供應不足。

我沒有在剛返回此地時就立刻建造新的醫院，而只將舊建築重新修復，事實上並不算失策。因為先前累積的建造經驗，對現在所進行的工程幫助很大。整個重建過程中，只有一位本地工人自始至終陪伴我們，他是名叫莫內札利的木匠；要不是有他，這項工程恐怕難以完成。到了最後幾個月，我又多了個幫手，一名瑞士來的年輕木匠。

打算兩年後返回歐洲的計畫看來不可能實現。事實上，這一趟我待了三年半。由於白天不斷在太陽底下奔忙，晚上疲憊得根本無法提筆寫作；僅存的精力，只夠在那附有踏瓣的鋼琴上做規律的練習。因此，《使徒保羅的神祕主義》始終留在未完成的狀態。

第二次的非洲活動，在《蘭巴雷內通訊》中有定期報導。算是每隔一段時間寫給醫院之友的資訊札記。

我不在歐洲的期間，讓醫院得以持續經營之財務行政工作，主要交給巴賽爾的神學博士堡爾牧師，以及奧伯豪斯柏根（位於史特拉斯堡附近）的妻舅沃伊特牧師處理。

另外，史特拉斯堡的馬丁夫人自一九一九年起，便緊密地協助我們的工作。到一九二九年，她更幫我把所有蘭巴雷內及鈞斯巴哈新家活動的相關事務集中管理。若是沒有她和其他朋友不辭辛勞地幫忙，事業不可能繼續，更不可能擴展至現在的局面。

一九二七年一月二十一日，一些新房子已經完成，病人們能從舊建築搬進新醫院了。傍晚進行最後一梯次的轉運，我將精神病患一起帶過去。看護人員不厭其煩地對他們解說，到新醫院後，就能住在鋪著木頭地板的房間；先前的舊病房，地面都只是潮溼的泥土地。

當晚在新醫院巡視時，在每個火堆或是蚊帳旁，都能一再聽到這樣的讚嘆聲：「真是個好房子，醫生，真的是非常好的房子！」從第一次到非洲行醫以來，我的病人首度被安置在人類應該居住的地方。

一九二七年四月，我把監督工人清理醫院周邊林地的工作交給羅素夫人。她剛從英國過來，很有讓人服從其指令的本領。在她的領導下，工人也開始建設農地。我後來發

＊比較大的蕉類品種，糖份較低，通常經過烹調處理後才食用。

現，比起白種男人，非洲人更加認可女人的權威。

同年仲夏，我們又建置了幾間新病房。現在如果有需要，醫院可以容納兩百個病患及其看護。最近幾個月以來，患者的總數多在一百四十到六十之間。我們同時也為痢疾患者預留了隔離病房。精神病房的經費是由倫敦基爾特聖會所捐助，用以紀念已故會員帕莫洛伊—克雷格先生。

最後，當內部的必要設備也都安置完成，我便可將醫院的責任留給同事，啟程回歐洲去。七月二十一日，離開了蘭巴雷內。與我同行的有勞特堡醫師的妹妹，以及自一九二四年就在醫院服務的護士卡特曼小姐。另一名護士豪斯內特小姐則繼續留在蘭巴雷內；不久就會有一批新護士加入，協助她的工作。

要不是有這些義工慷慨地奉獻自己，給予這麼多的幫助，醫院是不可能存在的。

二十　返歐兩年與三度赴非

回到歐洲的兩年間，我有很多時候為了演講和管風琴演奏會而出外旅行。一九二七年秋冬兩季在瑞典和丹麥度過；一九二八年春季和初夏，待在荷蘭和英國；同年秋冬則前往瑞士、德國和捷克；一九二九年在德國舉辦好幾場管風琴的巡迴表演。不在外旅行時，我和太太、女兒住在黑森林區的科尼斯菲德高山療養地，或留在史特拉斯堡。

蘭巴雷內醫護人員的安排並不十分穩定，經常得為接替事宜而操煩。有些人無法忍受當地的氣候；有些人則因家庭義務之牽絆而必須比預定時間提前返回歐洲。這段期間我招募到許多新血，包括孟德勒、黑德格、史塔德和舒納柏幾位醫生，他們都來自瑞典。瑞士籍的多爾肯醫師於一九二九年十月前往蘭巴雷內的航行途中，很可能因為心臟病突發而猝死大巴薩姆港，讓我們深感哀慟。

在歐洲的空餘時間，我全力投入《使徒保羅的神祕主義》，希望盡快將它完成，因為我可不想把稿子第三次帶到非洲。心思很快進入主題，於是一章接著一章，逐步定稿完成。

主張「內在於基督」的保羅神祕主義，可從保羅具有彌賽亞王國及世界末日即將來臨的思想來解釋。和其他原始基督教時代的信徒一樣，強烈秉持此種觀點的保羅承繼猶太傳統，認為凡相信耶穌為未來彌賽亞者，便能與祂一起活在彌賽亞王國，成為超自然的存在；至於同時期不信耶穌者，以及自宇宙創始以來至基督降生前各世代的人，則必須留在墳墓一段時間。根據晚期猶太教的想法，彌賽亞王國雖然是超自然的，卻被視為暫時性的，因為只有在它結束時進行最後的審判之後，普遍性的復活才會出現。至此，永生才得以開始，神成為「一切中的一切」，也就是說，一切都歸於神。

保羅進一步說明，凡信耶穌為彌賽亞而升入彌賽亞王國者——因而比其他人更早經歷復活狀態——享有特殊的恩典，因為耶穌與他們同在。對耶穌之信仰，讓他們清楚地被神揀選，成為彌賽亞的伴侶。藉由與耶穌既神祕又自然的結合，那些使耶穌決定死而復活的力量也同樣作用在他們身上。

這些信徒不再跟其他自然人一樣，而是進入一種轉換的過程，從自然狀態逐漸變為超自然狀態的存在。人類的外貌只是一種面紗而已，當彌賽亞王國來臨時，面紗即刻卸下。他們已經以某種神祕的方式活在基督之中，跟基督一起經歷死亡與復活，也即將與基督分享復活後的存在狀態。

「內在於基督」及「與基督共死共生」之神祕主義，可說是末世論期盼的延伸。從彌賽亞王國即將彰顯的信仰出發，保羅進一步確信：藉由耶穌之死亡與復活，自然狀態至超自然狀態的轉變已經開始。因此，我們所面對的神祕主義，其實是立基於某一重大宇宙事件的假設。

由於保羅很清楚與基督結合為一的意義，所以想把這種結合的倫理放入實踐當中。猶太教信徒只知道要遵奉律法，因為這對自然人是有效的；但同樣地，律法也不應該強加於已經信仰基督的異教徒身上。任何與基督結合為一者，都能從他所分享的基督精神中直接分辨何謂倫理。

對其他信徒而言，啟示性的言語及出神忘我之狀態可作為聖靈顯現最可靠的證據；但保羅卻把聖靈教義轉往倫理學的方向。根據他的說法，信徒擁有之靈魂就是耶穌的聖靈，他們藉由與耶穌神祕性的結合而分享了它。耶穌精神是生命的神聖力量，讓信徒可以為復活後的存在做準備。同時，這種力量也迫使信徒認清自己的不同，接受自己不再屬於自然世界。耶穌精神的最高展現就是愛；愛是永恆的，是人可以在現世擁有的。因此，在這與耶穌同在的末世論神祕主義中，一切形而上的東西都有其倫理意義。保羅藉由哥林多前書的一段話語：「如今常存的有信、有望、有愛這三樣，其中最大的是愛」，確立了倫理在宗教中至高無上的地位。他並身體力行，以完全的自我奉獻來說明身為基督徒之倫理意義。

關於耶穌把麵包和酒喻為聖體和聖血的話語，保羅乃依其「與基督神祕結合」之教義來進行詮釋。根據他的說法，最後晚餐的意義在於分領聖餐者將與耶穌同在。受洗原本代表藉基督而得救的開端；但對於保羅而言，更開啟了與基督共死共生的歷程。幾個世紀以來被視為保羅思想核心元素的「因信稱義」之說，實際上是由耶穌贖罪之死的原始教義所產生的概念，而這個教義也來自於與耶穌的神祕結合。

為了更成功地應付猶太—基督教的反對聲浪，保羅在闡述對耶穌犧牲受難之贖罪意義的信仰時，以某種方式讓這個信仰可以確認律法不再有效。他並拒絕承認猶太律法所強調之「善功」（即做好事）的意義——這點與猶太基督徒明顯不同——因為在其神祕主義中，他所要求的倫理行為是做為與基督同在的證明。

因對抗猶太基督教而創立的「因信稱義」之說，對後世產生重大的意義。自此以後，反對以善功合理化基督教者，便能訴諸使徒保羅的教義權威而贏得勝利。

可是在另一方面，保羅為了嘗試將此教義放入舊約聖經脈絡之中所操弄的邏輯，卻引發外界對他的錯誤評價。他被指控以自創之複雜教義來取代耶穌的簡單福音。然而事實上，雖然保羅論證中處處可見猶太學究的氣味，但他絕對是個真正有影響力的思想家，帶領我們獲致最基本的真理。

他闡述耶穌的簡單福音，是從精神上確切掌握，而非僅從表面字句。他把對耶穌及天國之末世信仰提升至與基督同在的神祕主義，藉此形成一股力量，可以擺脫末世期盼的衰微，因而被各種思想系統所認可並予以整合，成為一種倫理的基督神祕主義。事實上，他將末世論的信仰徹底發揮，獲致一種足以表達我們跟耶穌之間的關係，既明確又超越時代的思想，儘管它的根源來自於末世論的形上學。

因此，保羅本身是不含有希臘元素的，他只是把基督信仰表述成一種可以被希臘精神吸納的形態。實際將與基督同在之神祕主義翻譯至希臘概念裡的，是以革那提和游斯丁；在他們眼中，這個吸納的過程已經完成。

一九二九年十二月，我在波爾多與羅培茲間的航程中寫完《使徒保羅的神祕主義》

的最後一章。序言則於聖誕節後第二天，在前往蘭巴雷內的汽船甲板上寫的；當時除了妻子同行，還有史密茲醫師，以及要到醫院實驗室工作的塞克雷坦小姐。

第三次抵達蘭巴雷內，不幸地發現又有建築工事得做。前一波嚴重的痢疾感染雖然已經接近尾聲，但卻顯示隔離病房根本不敷使用，於是不得不將鄰近的精神病房讓給痢疾患者；所以現在必須為精神病患建造新的房舍。憑藉過去所累積的經驗，新建築蓋的比舊有病房更堅固，也更明亮、更通風。

之後，我又為重病患者建造具有個別床位的大病房，並且蓋了一間通風且防盜的倉庫，用以儲存糧食，另外還有給當地看護人員使用的宿舍。

儘管我還繼續分擔醫院勤務，在忠實的木匠莫內札利協助下，一切工程都在一年內順利完成。同時，有位年輕的亞爾薩斯林務人員，前來奧克維區度假，也提供了非常有用的幫助。他為醫院建造一個水泥製的大型蓄水池，又用同樣材料蓋了一棟通風良好的建築，做為我們的餐廳和公共休息室。

一九三〇年接近復活節時，妻子因為被氣候折騰得精疲力竭，只好先返回歐洲。同年夏季，來了一位新的醫生，是亞爾薩斯的麥蘭德博士。

我們的名聲漸漸打開，現在連數百公里外的人都曉得這所醫院。有些人花好幾個星期的時間，長途跋涉到這裡來動手術。

在歐洲朋友慷慨捐助之下，我們建造了一間設備齊全的手術房。醫院的藥房也可以儲備一切需要的藥物，甚至包括用來醫治熱帶疾病的昂貴藥品。此外，對於窮困買不起食物的病患，我們也有充分的財力提供膳食。

如今在蘭巴雷內工作比從前更愉快，因為有足夠的醫生和護士幫忙處理一切事務，我不用再把自己弄得疲憊不堪。對於所有成就這項事業的醫院之友，真不知該如何感謝才好！

儘管醫院的工作依然繁重，但至少不再有力不從心的感覺。到了晚上，我多半都還有精神從事智識性的活動，雖然有時這種餘暇事業會中斷數天或甚至好幾個禮拜，因為遇到即將動手術或罹患重症的病人，我的心思就完全放在他們身上，沒辦法去想其他任何事情。也正因如此，這本簡單描述工作與生活的作品——原本即計畫做為此趟非洲之行的第一本著作——花了我數月的時間才得以完成。

結語

有兩項觀察在我生命中留下揮之不去的陰影：第一是領悟到這個世界的神祕難測及充滿痛苦；第二則是察覺自己生存在人類精神步入衰微的年代。

當我發現「尊重生命」的原則及其蘊含之對人生的道德肯認態度時，立即覓得自我生命的基礎與方向。我因而想要積極投入世間，幫助人們從事更深層、更獨立的思索。我完全無法苟同當今世代所展現的精神面貌，因為它充滿了對思想的輕蔑。我們開始懷疑，宇宙以及我們跟宇宙之間關係的問題，是否真能藉由思考獲得某種解答，進而賦予人生實質的意義與價值。

今日對於思想的態度，除了忽略之外，還存在不信任。在這個時代，組織性的政治、社會與宗教團體在說服個人接受其理念時，只希望用既定的模式產生同化作用，而不鼓勵個人透過自身的思索開展信念。對他們來說，會獨立思考的個體是麻煩且甚至有害的；因為無法保證他能夠融入組織。

現代團體不尋求強化思想上及其所代表之成員的價值，而只試圖達致最大可能的統一與團結。他們相信，如此一來便可獲得最強大的攻守力量。

因此，在面對思想未竟全功的情況時，這個時代的精神非但不見哀衿之情反倒沾沾自喜；而且對於思想已有的成就——即使確實還不完美——亦未予應有的肯定。儘管歷史證據在在顯示，人類能夠如此進步發展要歸功於思想上的努力，但時代精神還是拒絕承認。它不了解也不會考慮，思想在未來有可能實現過去未能完成的部份。它所關心的只是用各種可能的方法打壓個人思想。

現代人一輩子都暴露在試圖剝奪其獨立思考信心的勢力當中；生活周遭所聽所聞，盡在製造智識依賴的氛圍。這種精神充斥於個體生命的所有層面，包括日常生活接觸到的人，以及被歸屬的政治黨派或其他任何組織。

它從四面八方、以層出不窮的手段強制個體相信，必須讓所屬組織掌控他生命所需的真理與信念；時代精神從來不給他機會找尋自我。一遍又一遍地向個體強迫灌輸理念，就好像財力雄厚的企業在大城市各個角落，用霓虹廣告不斷放送，刺激並麻醉過往行人，在購買鞋油或調味湯包時選擇該公司產品。

時代精神迫使個人懷疑自己的思想，於是便對權威所釋放的訊息照單全收。他無法抗拒外在勢力的操弄，因為現代人工作過度、精神散亂，完全缺乏專注的能力。再加上物質的依賴也對其心靈產生影響，於是最後便相信自己不夠資格獲致自我的結論。

現代人信心潰散的另一來源是知識的蓬勃發展。個體來不及吸收、消化快速增長的新發現，所以即使無法理解，也當成既定事實來接受。久而久之，對科學真理所抱持的態度，也擴延至思想其他領域，因而開始全面懷疑自我的判斷。

現代的整個環境竭盡所能地將我們拉入這種時代精神。懷疑主義的種子已經萌芽。事實上，現代人對內在自我不再具有任何信心。光鮮亮麗的自信外表底下，隱藏著嚴重自卑的精神內在。縱使具有再大的技術成就及物質資產，整體而言仍然是個發育不全的存有者，因為他根本不去運用其思考能力。我們這個世代在知識與發明上展露如此偉大的成就，卻在思想領域表現得如此低落，這真是一件永遠無法理解的事情。

面對這樣的時代——任何與理性或獨立思考沾上邊者，都被貶抑為老舊落伍、荒謬無價值，甚至對十八世紀倡言之不可剝奪的人權也嗤之以鼻——我決意跳出來公開宣示，自己仍然對理性思考充滿信心。我膽敢向世人直言，不要因為理性主義先前曾讓位給浪漫主義，後來又臣服於同時掌控智識及物質生活之偽實在主義，就認定理性主義已走向盡頭。當我們歷經所謂「普遍性實際政治」的一切愚昧、從中嘗盡精神苦難之後，終將發現除了轉向一個比過去更深刻、更有效的新理性主義外，別無其他選擇。要知道，放棄思想就等於宣告心靈的破產。

當人們不再相信能透過思考獲致真理時，懷疑主義便應運而生。我們時代裡有些人力促更強大之懷疑主義，其內心盤算的是：只要人們放棄自我發現真理的希望，就會把權威及宣傳強加給他們的任何東西當作真理來接受。

然而，他們的算計是錯誤的。懷疑主義的閘門一旦開放，其滾滾洪流大舉肆虐，誰也不能有效控制。放棄追尋真理者當中，只有一小部份甘於就此順服，永遠接納「官方論調」；事實上，大多數的人還是保持懷疑。他們喪失了對真理的渴望，寧可過著沒有思想的生活，在各種意見之間不斷浮動擺盪。

只因權威而服膺真理（即使那個真理也有其價值），並無法終止懷疑主義。如果從未經過反省，只是盲目地接受真理，勢必阻礙理性的進展，整個世界也因而在欺瞞之中腐化衰敗。嘗試操弄真理，反倒把我們帶到災難的邊緣。

建立在懷疑主義之上的真理，充其量不過是種信仰，沒有思想性真理所具備的精神特質。它既膚淺又僵化；雖對人產生影響，但無法探觸其內在。只有根源於思想的真理才是活的真理。

就好像一棵樹，年年結出同樣的果實，但每年也都是新的果實；所以一切具有恆久價值的觀念，也必須不斷在思想中重新創生。然而，我們這個時代的做法是，把真理的果實繫在不結果實的樹枝上，製造果實纍纍的假象。

只有在我們有信心能夠藉由個人思考覓取真理的情況下，才可能獲致活生生的真理。深邃之獨立思想，並不會陷入主觀性的困境。透過深層思維，傳統中真實的部份將被揭露，並成為我們理性的力量。誠意必須跟追求真理的意志一樣強烈。只有勇於相信的年代，才能擁有展現精神與理性力量的真理。

真誠是心靈與精神生命的基礎。我們這個世代因為輕蔑思想而失去了真誠，現在必須重現思想之聲才得以恢復。

基於明確的信念，我起身反抗時代精神，充滿信心地肩負使命，為重新點燃思想的火焰而努力。

的。

「尊重生命」的概念在本質上非常適合做為對抗懷疑主義的武器；因為它是最根本的思想來自根本的問題——關於人跟宇宙的關係、生命的意義，以及善的本質。它直接連結於能夠激發人產生動力的思想；它滲入、擴大並深化我們的想法，讓思想更為深邃睿智。

這樣的基本思想可見於斯多噶主義。學生時代開始研讀哲學史時，發現自己一接觸斯多噶主義就難以割捨，對其後截然不同的思路非常不能適應。沒錯，斯多噶思想的結論並非完全令人滿意，但我覺得它那簡單的哲學方法是正確的。我實在不明白人們為什麼會捨棄它。

對我而言，斯多噶主義之所以顯得偉大，是因為它直向目標前進，能被眾人理解卻又不失其深度；它充分展現其所認知之真理，即使並不完美；它熱切認真地投入真理，為之注入鮮活的生命；它擁有真誠的精神，激勵人們凝聚思想，更往自我內在發展；它並喚起人們的責任感。我認為，斯多噶主義的基本論述是正確的，也就是人應該跟世界建立一種精神性的關係，與它合而為一。在本質上，斯多噶學派是以神祕主義結尾的自然哲學。

熟悉《道德經》之後，我發現老子的思想跟斯多噶主義一樣都是最基本的。對老子而言，重要的也是人應該透過簡單的思維，跟世界建立精神性的關係，並以自我生命驗證天人合一的境界。

因此，希臘的斯多噶主義和中國哲學在本質上有密切的關係。不同的是，前者源自於充分發展的邏輯，後者則源自於未經發展卻極為深奧的直覺思考。

然而，在歐洲及東方哲學出現的基本思想，並未於思想系統中取得它應有的領導地位。它之所以失敗，是因為其結論不能滿足我們的需求。

斯多噶思想忽略了引導倫理行為的動力，這些倫理行為原本可以隨著人在智識和精神上的發展而彰顯於生存意志當中。結果希臘斯多噶主義僅能停留在脫離塵世的理想；至於老子，則止於「善意的無為」，這點對歐洲人而言，似乎有些怪異詭譎。

哲學史很清楚地告訴我們，從人、以及人跟宇宙關係進行單純的邏輯思考，成果並不足以展現人本來就具有的、對生命採取道德肯認態度的思想；它們沒辦法有效地整合。邏輯思考被迫繞道而行，希望用迂迴的方式達成目標。邏輯性的迂迴主要引導出一種對宇宙的詮釋，可以讓倫理行為產生意義和目標。

在埃比克提特斯、奧里略和塞內加所代表的晚期斯多噶主義、十八世紀的理性主義，以及孔子、孟子、墨子等中國思想家的學說當中，哲學都從人跟宇宙關係的根本問題出發，進而獲致對生命與世界的道德肯認。它們將世間事件的進程追溯至一種具有倫理目的之宇宙意志，並要求人為這個意志服務。

在婆羅門和佛教的思想、一般的印度系統，以及叔本華的哲學當中，則出現對世界完全相反的解釋，也就是說，在時空進展的生命都是無意義的，而必須令其終結。因此，人對世界的明智態度應該是要棄絕塵世與人生。

上述兩種思考方式都關切著基本議題，但還有另一種不同的思想也嶄露了頭角，特別是在歐洲哲學。我稱它為「次要的」，因為它並不把重點放在人跟宇宙之間的關係。它所關切的包括知識的本質問題、邏輯思辨、自然科學、心理學、社會學及其他各式各樣的事物，彷彿哲學原本就該為這些問題提供解答，或者只是在為各種學科的結果做綜合性的整理。這樣的哲學不再教人定下心好好思考自我及自我跟世界的關係，而是一味展示知識論、邏輯推演、自然科學、心理學或社會學的成果，彷彿只要藉助於這些學門，就可獲致人跟宇宙關係的概念。

「次要的」哲學向人陳述這所有議題的方式，讓人好像不再處於現世之內，不是在這個世界活出自我生命的存有者，而是處於世界外圍，從外面來凝望思索這個世界。

這種非基本的歐洲哲學，在處理人跟宇宙關係的問題時，往往是獨斷地任選一個基本立場出發，或甚至採取完全迴避的態度，因而缺乏統一性與連貫性。它看起來有些不安定、不自然、古怪和零碎；但同時，它又顯得最豐富、最普遍。其所涵蓋之系統、半系統和非系統，彼此接替交錯，能夠從各個面向、各種可能的觀點來探索文明哲學的問題。在處理自然科學、歷史和倫理問題時，它比其他研究方式更為深入，因此也可說是最實際的哲學。

未來的世界哲學，著眼點不在於如何致力於歐陸與非歐陸思想之間的調和，而是在基本與非基本思考方式的對抗。

神祕主義在今日的智識生活中並不佔有一席之地。就其本質而言，它是一種基本的思想，試圖在人跟宇宙之間建立精神性的關係。神祕主義不相信邏輯推理可以獲致這種統合關係，於是退位到人的直覺，在直覺裡想像力是不受羈絆的。因此，某種意義上，神祕主義又回到了採取迂迴路線的思考模式。

由於我們接受的知識只能建立在透過邏輯推理所得的真理，所以建構神祕主義之信念並不能成為我們自己的。更何況，這些信念本身也是不令人滿意的。從過去所有的神祕主義來看，其倫理內涵都顯得薄弱。它雖然促使人走向內在，但卻沒有把人帶上實際可行之倫理道路。哲學真理要獲得確認，必須在某種行動倫理的指引下，帶領我們經驗自我存在和宇宙之間的關係，而這種經驗能使我們成為真正的人。

為了挽救今日精神匱乏的危機，無論是採行對世界冗長詮釋的非基本思想，或者是神祕主義的直覺性思考，都沒有辦法產生任何效果。

十九世紀初德國龐大的哲學體系曾經受到熱烈的歡迎與期待，但結果卻只是為懷疑主義奠下發展的基礎。

人們要再度成為思想性的存在，就必須重新發掘自己的思考能力，進而產生真正生命所需的知識和智慧。以「尊重生命」為出發點的思維，可說是一種基本思想的更新。長途潛藏地底的水流，如今又湧出了地面。

縱使過去許多嘗試終究徒勞無功，但我還是相信基本思想在今日能帶領我們邁入一種肯認生命與世界的倫理，這絕對不是幻覺。

世界並非單由現象所組成；它也是具有生命力的。我們必須在所能及的範圍內，與現世中的自我生命建立一種關係，而這種關係不只是被動的，也是主動的。我把自我奉獻出來為活著的生命服務，如此就能發現具有意義和目標的行動。

「尊重生命」的觀念，為人與世界如何產生關連這個現實問題提供合乎實際的解答。對於宇宙，人只知道一切存在的事物就和自己一樣，都是生存意志的彰顯。人跟宇宙之間的關係，則是既被動又主動：一方面，受制於世間事件之流動；另一方面，又能夠保護與建構，或者傷害及破壞周遭的生命。

唯一可讓人的存在產生意義的方式，是將他與世界的物理關係提升至精神性層次。如果他仍是被動性的存在，那麼透過超脫他便能與人世建立精神性的關係。真正的超脫在於：人感受到自己受到世間事件進程的支配，轉而尋求內在的自由，以擺脫形塑其外部存在的命運。內在自由讓他生出足以戰勝日常困難的力量，蛻變成更有深度、更內化的人，平靜而祥和。因此，超脫可說是對自我存在之精神性與倫理性的肯認。只有經歷過超脫試煉的人，才有能力接納世界。

藉由主動性的角色，人跟世界建立出相當不同的精神關係：人不再將自我視為孤絕性的存在。相反地，他與周遭生命合而為一，設身處地體驗他人的命運。他儘可能地伸出援手，並深切領悟再沒有比戮力於生命之保護與開展能獲致更大的快樂。

人一旦開始思考自我生命的奧祕，以及跟世界產生關連的生命連結，自然而然地會為了自我及周遭生命去接受「尊重生命」的原則。他的所作所為，都將根據對生命予以道德肯認的原則。其生命在各方面皆比獨自過活來得辛苦，但同時也更豐富、更美好且更快樂。這樣的生活不只是活著，而是真正的體驗生命。

只要開始思索人生及世界的根本問題，便會直接且幾乎不可避免地走向「尊重生命」的道路。其他結論都不再具有任何意義。

一個開始思考的人，如果還只想茫然度日，那就只有痲痹自己，回到沒有思想的生活。如果他堅持保留思考，就勢必得到「尊重生命」的結論。

任何思想如果宣稱可以引領我們走向懷疑主義或沒有倫理理想的生命，那就一定不是真正的思想，而是偽稱思想的「無思想」——這點從它對人生與世界的奧祕完全不感興趣可以清楚看出。

「尊重生命」本身包含了超脫、對人世之肯認態度以及倫理學。這正是由真正思想所得之世界觀的三項不可切割的根本元素。

由於「尊重生命」之倫理源自於現實性的思考，所以它本身是合乎現實的，並能引導人清楚而踏實地面對現實。

乍看之下，「尊重生命」似乎太過籠統又缺乏活力，無法為生命倫理提供實質內容。但思想本身不用顧慮是否表達得生動活潑，只要它能切中核心、蘊含生命力即可。任何人只要受過「尊重生命」之倫理的影響，遵循倫理的要求行事，很快就會發現狀似抽象之表述其實燃燒著熊熊烈火。「尊重生命」的倫理，是普及眾生之愛的倫理。它也是耶穌的倫理，現在被認定為邏輯思考的必然結果。

有人反對這種把自然生命的價值擺得太高的倫理。對此，我們可以這樣回應：先前所有倫理系統犯下的共同錯誤是，未能認清生命本身之神祕價值，而這絕對是倫理學必須要處理的。因此，「尊重生命」同樣適用於自然生命和精神生命。若依耶穌的比喻，牧羊人拯救的不只是迷途羔羊的靈魂，而是整隻動物的生命。對自然生命愈尊重，對精神生命也會愈尊重。

有些人在評斷「尊重生命」的倫理時會覺得奇怪，它並沒有在高等／低等生命間，以及較具價值／較不具價值的生命間劃分界線。但不作區隔是有道理的。

若要在各種生命間建立普遍而有效的價值區別，最後都會變成是判斷這些生命跟我們人類距離的遠近。然而，人類自我判斷的標準其實是純然主觀的。我們當中有誰真能知道，其他種類的生命本身及其在宇宙中究竟具有何種意義？

由這種區別而來的看法則是：世上存在無價值的生命，可以任意摧毀。接著，就可能依狀況所需，把各種昆蟲或原始住民歸入無價值生命這個類別。

對於真正具有倫理觀念的人而言，所有生命都是神聖的，包括那些從人類觀點來看似乎比較低等的生命。只有面對不得不然的壓力下，在個別情況下才得以區別，比如必須抉擇犧牲某個生命來保全另一個生命。但即使經過一連串的抉擇之後，他仍然有所自覺，知道這些作為都是武斷的、基於主觀立場的，自己應該對被犧牲的生命負起責任。

很高興有治療嗜眠症的新藥問世，因為它讓我可以挽救生命，而不用眼睜睜地看著令人痛苦的病情日益嚴重。但是每當我把病菌放在顯微鏡底下觀察時，總不禁省悟，這是為了拯救某種生命（人類）而不得不犧牲另一種生命（細菌）。

有村民在沙灘上捉到一隻小魚鷹，為了避免牠遭受殘害，我將牠買了下來。但接下來我必須決定，應該讓牠挨餓，還是每天殺害一些小魚來維持牠的生命。我選擇了後者，可是每天都得痛苦地擔起顧此失彼的道義責任。

跟所有生物一樣，人始終要面對生存意志的兩難困境，被迫犧牲其他生命來保存自我及全體性的生命。如果一個人深信「尊重生命」的倫理，就只有在必要的狀況下才會傷害或摧毀生命，從來不會無緣無故、未經思索地做出這樣的事情。

對於從年少時代就投入保護動物運動的我而言，見到「尊重生命」之普遍性倫理對動物展現如此深厚的同情——經常是以非常感性的方式呈現——心裡格外感到欣慰，畢竟這是任何有思考能力的人都不能規避的義務。過去倫理學在處理人跟動物關係的問題上，不是顯得冷酷無情，就是難以理解。即便對動物抱持同情者，也未將之放入倫理學的範疇，因為倫理學的焦點向來只放在人與人之間的行為。

不知要到什麼時候，公共輿論才不再容忍以粗暴對待動物為大眾娛樂的現象！

由此看來，源自於思想的倫理並不是「理性的」，而是非理性的、充滿熱情的。它並未清楚定義出周邊的義務範圍，而是要求每一個人為伸手可及的一切生命負起責任，迫使他自我奉獻，盡全力幫助其他生命。

任何深刻的宇宙觀都帶有神祕色彩，因為它把人帶進一種與「無限」之間的精神關係。「尊重生命」的概念是倫理的神祕主義，它讓人藉由倫理行動與「無限」結合為一。這種倫理的神祕主義起始於邏輯思考。當我們的生存意志開始深切思考自身及宇宙時，就會對四周生命有所感應，並儘可能地藉由行動將自我的生存意志奉獻給無限的生存意志。理性思考，如果走得夠深的話，將不可避免地進入非理性的神祕主義領域。當然，它必須處理生命與世界的問題，而這兩者皆非理性之實體。

無限的生存意志呈現在宇宙就成了創造的意志，這對我們而言是奧祕難解之謎；在我們身上彰顯成為愛的意志，我們可以透過行動來解開這個謎團。因此，「尊重生命」的概念是具有宗教性的。採納這種信念並付諸行動者，其動機往往出於一種基本的虔誠。

立基於「尊重生命」的世界觀，由於包含了愛的積極倫理及其精神性，在本質上與基督教和其他任何主張愛的倫理之宗教密切相關。我們因而可以在基督教與思想間建立一種鮮活的關係，這在從前的精神生活中不曾出現。

十八世紀理性主義的時代，基督教曾經與思想結合在一起。這是因為當時熱衷之倫理具有強烈的宗教特性。然而，思想本身並沒有製造出這種倫理，而是不知不覺地從基督教而來。到了後來，當它必須只仰賴自己的倫理時，生命力消失了，宗教色彩也不見了，於是就跟基督教的倫理漸行漸遠，鮮少有共同之處了。因此，基督教與行動思想之間的連結就此鬆開。今日的基督教，完全退縮到自己的世界，只想致力於本身觀念的傳播；不再認為觀念跟思想維持一致是重要的，反而把這些觀念當成是超乎思想之外、比理性思想更優越的東西。基督教從此與時代的基本精神脫節，也喪失了對時代產生實質影響的可能性。

「尊重生命」的哲學再一次引發了這個問題：基督教是否要跟帶有倫理和宗教性質的思想攜手連結？

為了認清自己真實的面貌，基督教是需要思想的。多少世紀以來，基督教雖然信守愛與慈悲的偉大誡律，將之視為傳統真理，但卻未據此反對奴隸制度、焚燒異教巫師、嚴刑拷打以及其他所有古代和中世紀假信仰之名而犯下的不人道行為。只有在歷經了啟蒙時代思想洗禮的影響之下，基督教才開始為人道主義的原則而奮鬥。我們應該永遠記取這段教訓，不再對思想擺出高傲的模樣。

今日有許多人總愛談論啟蒙時代的基督教變得如何「膚淺」。然而，為了公平起見，我們也該考量當時有多少人道服務的功績可以拿來平衡「膚淺化」的說法。

很不幸地，酷刑在今日又被重新採用。許多國家的司法系統，為了迫使被告招供，默許警察和獄吏在正規程序之前及進行中使用酷刑。每個鐘頭承受這種苦難者的數量，遠遠超乎想像。現代基督教面對酷刑的復生，竟然連言詞性的抗議都沒有，更別說實際行動了。

今日的基督教幾乎完全未依其精神或倫理原則行事，總以教會地位一年比一年鞏固的錯覺來自我欺騙。它遵行現代的世俗作風以符合時代精神；跟其他組織性的團體一樣，為了證明自己的存在，試圖變成更強大、更統一的組織，希望藉由遍布各地的機構及實際的歷史成就獲得正當性和社會的認可。然而，增添外在力量的同時，卻也顯露精神力量的喪失。

基督教無法取代思想，但必須以思想為基礎；它本身無力克服思想匱乏和懷疑主義。只有從思想及基本虔誠獲取力量的時代，才能體察基督教的永恆特性。

正如一條河流能夠避免逐漸乾涸的危機，是因為地下有源源不絕的水流動；所以，基督教也需要來自思想之基本虔誠這股活水。當人由思想通往宗教的道路不再受阻時，才可能獲致真正的精神力量。

我很清楚，自己就是憑藉思想而得以保有宗教信仰。

在面對傳統的宗教真理時，會思考者比不會思考的人更自由，也更能強烈感受其內在深沈不朽的本質元素。

任何人如果能夠領悟愛的觀念是「無限」傳遞給我們的精神智慧，就不會要求宗教提供形上世界的完整知識。當然，他還是會去思考一些大問題：世間之惡的意義何在？做為存在之源的上帝，其創造意志和愛的意志是合而為一的嗎？精神生活與物質生活彼此有什麼關係？我們的存在何以既短暫又持久？不過，他也可以擱置這些問題，雖然未獲解答可能有點難受。重點是，只要了解自己透過愛而和神產生精神上的結合，一切必要的知識就已經具備。

保羅說：「愛是永不止息；但是，知識也終必歸於無有。」虔敬之心愈深刻，對於形上知識的要求就愈卑微。知識就像是一條在山間纏繞的小徑，而非直接跨越山嶺的通道。

有人擔憂基督教將虔誠的源頭歸於思想，終會陷入泛神論的泥淖，但這並沒有根據。其實，所有具有生命力的基督教都可說是泛神論的，因為它視一切存在之物都源自於同一個基本源頭；但同時，所有倫理上的虔誠皆高於泛神論的神祕主義，因為它並不在自然中發現愛的神，而是透過祂在我們心中形成愛的意志這個事實來認識神。存在的「第一因」彰顯於自然界時，對我們而言是不具人格的；但當祂在我們心中以愛的意志顯露出來時，我們之間就呈現了一種人格性的倫理關係。

另外，還有人認為受到理性思想影響的基督教，會喪失其訴諸人之良心及罪惡感的能力，這種懷疑同樣是沒有道理的。常把罪惡掛在嘴邊，不代表罪惡就會減少。登山寶訓中實際提到罪的地方並不多見；是因為登山寶訓中的耶穌真福含藏著對免罪的渴望以及淨化心靈的憧憬，才不斷喚起人的悔悟。

如果基督教為了保留傳統或其他任何顧慮，而拒絕以倫理宗教思想的角度自我詮釋，那無論對基督教本身或全體人類都是一大不幸。基督教需要讓耶穌精神盈溢其中，並藉此力量將自身精神化，而成為充滿靈與愛、具有生命力的宗教，這才是它應有的命運。唯有如此，基督教才可能在人類精神生活中發揮潛移默化的力量。

在十九世紀中所呈現的基督教只是個充滿錯誤的開端，並不是一個由耶穌精神發展而來的成熟宗教。

正因為內心對基督教懷著深沈的信仰，我希望以忠實與真誠的態度為它獻身服務，而不想用護教學脆弱含糊之論述來強加辯護。我呼籲基督教能以誠摯的精神和深厚的思想改革自我，進而認清自己真實的本質。

關於我是一個悲觀主義者或樂觀主義者的問題，我的回答是：就知識而言，我是悲觀的；但我的意願和希望卻是樂觀的。

我的悲觀是因為對世事變化欠缺目標感到無比沈痛。我難得由衷慶幸自己是活著的；看到周遭的種種苦難——不只是人類，包括所有生物承受之痛苦——我感同身受。

我從未想過要從共苦的情境中脫身。對我而言，分擔世間所有痛苦似乎是理所當然的。早自青少年時期，我就清楚察覺，對世間之惡的解釋沒有一個令人滿意；所有的解釋皆流於詭辯，而且基本上都只是儘可能地讓人減少對周遭苦難的強烈感受。像萊布尼茲這樣的思想家，竟然會得出如此糟糕的結論：雖然世界確實不好，但已經是可能之中最好的了；對此，我真的永遠無法理解。

然而，無論如何關切世間苦難，我都不曾讓自己迷失於杞人憂天式的憂悶。我總堅信，每個人都能各盡一些力量來消弭部份的悲慘。由此逐漸推致以下的結論：對於苦難問題唯一能夠領悟的是，我們必須在各自的道路上扮演救助者的角色。

對於當前世界的處境，我也是悲觀的。我沒辦法說服自己相信，世界其實不像表面的那麼糟。我覺得，我們正走在一條毀滅性的道路，如果繼續前進，勢必踏入新的「黑暗時代」。面對精神和物質在各種層面的悲慘狀況，人類似乎宣告投降了，因為他們已經放棄思想，以及由思想而產生的理想。

然而另一方面，我仍然保持樂觀。有個信念自孩提時代以來就一直深信不疑，永遠不會拋棄——那就是相信真理。我有信心，從真理產生的精神力量要比外在環境勢力更為強大。依我看來，人類除了由自身之心靈與精神特質來開創自己的命運外，沒有其他命數可走了。因此，我不相信人類會往沒落的道路上一直走到盡頭。

如果有人起身反抗缺乏思想的精神，並具有真誠深邃之人格特質足以散播倫理進步的理想，我們就可以見到新的精神力量出現，強大到可以喚起人類的新精神。

基於對真理和精神力量的信心，我也相信人類的未來。對世界抱持倫理性的肯認態度，這本身就包含了一種樂觀的心願和希望，並且永遠不會喪失。因此，也從不害怕面對悲慘現實的真實面目。

在我的一生裡，也有極度焦慮、憂煩與悲傷的時刻，其力道之猛烈，若非有強堅的勇氣，恐怕早就被壓垮了。多年以來，無休止的疲勞與責任之沈重擔子難以承受，生活中幾乎沒有多餘的時間留給自己。但我也是有福的：我有機會從事關懷性的服務；我的事業是成功的；我得到很多別人的情感和好意；我有忠誠的助手，將我的事業當成是他們自己的；我有足夠的健康可以應付最疲累的工作；我有平穩的性情，很少起伏變化；我能冷靜沈著、深思熟慮地發揮自己的能力；以及我能辨識內心感受到的幸福，當作一種恩賜來接受它。

我也深深地感謝，在這麼多人受到壓制與羈絆之時，我還能以自由人的身分做自己想做的事情。雖然直接參與的工作是實務性質的，但依然能夠找到機會追尋精神和智識方面的興趣。

我的生活環境為我的工作提供了這麼有利的條件，我將它視為一種恩賜，希望努力回報，證明這種福氣是有價值的。

計畫中的工作有多少是能夠完成的呢？

我的頭髮已經開始花白，身體也逐漸顯露疲態和歲月的痕跡了。

回顧過去，我可以不用操煩自己的體力，盡己所願不間斷地從事勞力和勞心的活動；思及於此，總是心懷感激。

展望未來，我抱持平靜與謙卑的心情；如此，縱使有一天必須捨棄一切時，也能泰然處之。無論我們是行動者或是受難者，都必須向那些奮力獲致「出人意外的平安」者看齊，尋找他們擁有的勇氣。

一九三一年三月七日

寫於蘭巴雷內

史懷哲年表

一八七五年　一月十四日生於亞爾薩斯的凱撒斯堡；同年舉家遷居鈞斯巴哈。

一八八〇年　首度接受音樂指導。

至一八八四年，就讀鈞斯巴哈的鄉村小學。

一八八三年　第一次彈奏管風琴。

一八八四年　秋季至一八八五年秋，就讀亞爾薩斯孟斯特的實科中學，為進入普通中學做準備。

一八八五年　秋季至一八九三年八月，就讀亞爾薩斯繆爾豪森的普通中學。

一八九三年　十月，第一次旅居巴黎；在魏道爾門下學習管風琴。

至一八九八年春，在史特拉斯堡大學修習神學、哲學和音樂理論。

一八九四年　四月至一八九五年四月，在史特拉斯堡步兵團服役。

一八九六年　立志三十歲起獻身於人道服務。

一八九八年　五月六日通過第一次神學考試。

第一本作品問世：《尤金·孟許：一八五七—一八九八年》。

一八九九年　十月至一八九九年三月，第二次旅居巴黎；再度接受魏道爾的指導。
四月至七月，在柏林研習哲學與管風琴。
七月，在史特拉斯堡獲得哲學博士學位。
十二月，出版《康德的宗教哲學》。
在史特拉斯堡的聖尼古拉教堂擔任見習牧師。

一九〇〇年　發表〈哲學與通俗教育〉一文。
七月二十一日，在史特拉斯堡取得神學文憑。
九月二十三日，正式晉升為史特拉斯堡聖尼古拉教堂的副牧師。

一九〇一年　出版《天國的奧祕》。
五月至九月，暫代史特拉斯堡聖多瑪斯神學院宿舍主管一職。

一九〇三年　十月，正式任命為聖多瑪斯神學院宿舍的主管。

一九〇四年　閱讀非洲加彭地區急需傳教士的相關報導，下定決心前往支援。

一九〇五年　法文版的《巴哈》於巴黎出版。
十月十三日，告知親友決定學醫及赴非服務的消息。
十月辭去神學院宿舍的職務。
至一九一二年，在史特拉斯堡大學就讀醫科。

一九〇六年　出版《德法兩國製造與演奏管風琴之藝術》和《歷史耶穌之探索》。

一九〇八年　出版德文版的《巴哈》。

一九〇九年　國際音樂協會第三屆大會在維也納召開，史懷哲主導「管風琴製造國際法規」的制定。

一九一一年　出版《保羅及其詮釋者》。

　　十二月通過醫學考試。

一九一二年　春天，辭去聖尼古拉教堂的職位。

　　六月十八日，與海倫娜．布雷斯勞結婚。

　　與魏道爾共同編纂之《巴哈管風琴作品全集》的前兩冊出版。

一九一三年　二月，獲頒醫學學位。

　　陸續出版《對耶穌的精神醫學研究》、《歷史耶穌之探索》二版，以及《巴哈管風琴作品全集》的第三到第五冊。

　　至一九一七年，第一次旅居蘭巴雷內。

一九一四年　八月至十一月，以戰俘身份拘禁於蘭巴雷內。

一九一五年　九月於奧克維河的航行途中，領悟出「尊重生命」的概念。

一九一七年　秋天至一九一八年夏，以戰俘身份離開非洲，先後被拘禁於波爾多、加瑞松和聖雷米。

一九一八年　七月返回鈞斯巴哈。身患疾病。

一九一九年　一月十四日，女兒蕾娜誕生。

　　至一九二一年四月，再度任職於聖尼古拉教堂，並在史特拉斯堡的市立醫院擔任醫生。

一九二〇年　於瑞典烏普薩拉大學發表演講；為籌募蘭巴雷內資金舉辦系列演講及管風琴音樂會。

　　獲頒蘇黎世大學神學院的榮譽神學博士學位。

一九二一年　出版《原始森林的邊緣》。
至一九二二年，在瑞士、英國、瑞典和丹麥舉行演講和音樂會。
一九二三年　出版《文明的哲學》。
發行《基督教和世界宗教》英文版；德文版於一九二四年問世。
一九二四年　出版《童年和青年時期回憶錄》。
四月至一九二七年七月，第二次旅居蘭巴雷內。
一九二五年　出版《原始森林再記》第一部。
一九二六年　出版《原始森林再記》第二部。
一九二七年　一月二十一日，將醫院遷移至蘭巴雷內附近的新地點。
七月至一九二九年十二月，在瑞典、丹麥、荷蘭、英國、捷克和瑞典等地演講；在德國舉行巡迴音樂會。
在日內瓦獲頒「人類功績勳章」，表揚其文明及人道方面的服務貢獻。
獲頒布拉格大學的榮譽博士學位。
一九二八年　八月二十八日，榮獲法蘭克福市的歌德獎。
出版《原始森林再記》第三部。
一九二九年　十二月至一九三二年二月，第三次旅居非洲；妻子隨行，於一九三〇年復活節先行返歐。
出版《自述》。

一九三〇年　獲頒愛丁堡大學神學與哲學榮譽博士。

一九三一年　出版《使徒保羅的神祕主義》。

出版《生命的思索》。

獲頒愛丁堡大學音樂榮譽博士。

一九三二年　二月至一九三三年四月，在歐洲舉行演講及音樂會。

三月二十二日，出席法蘭克福的歌德逝世一百週年紀念會。

六月獲頒牛津大學的神學榮譽博士與聖安德魯學院的法學榮譽博士。

七月於德國烏爾姆發表〈作為思想家和人的歌德〉。

一九三三年　四月至一九三四年一月，第四次旅居非洲。

一九三四年　二月至一九三五年二月，留在歐洲。

十月，為牛津曼徹斯特學院的希伯特紀念講座發表演說，題目為〈現代文明中的宗教〉。

十一月，為愛丁堡大學的基佛德紀念講座發表系列演講，後延伸為專書《印度思想及其發展》，於同年出版。

一九三五年　二月至八月，五度旅居蘭巴雷內，妻子未隨行。

九月至一九三七年二月，留在歐洲。

在英國舉行演說及音樂會；為基佛德紀念講座發表第二次的系列演講。

為哥倫比亞唱片公司灌錄巴哈的管風琴音樂。

一九三六年　出版《非洲狩獵故事》。
一九三七年　二月至一九三九年一月，第六次旅居蘭巴雷內。
一九三八年　出版《非洲手記》。
一九三九年　二月抵達歐洲；因戰爭迫近，隨即折返蘭巴雷內。
三月至一九四九年十月，第七次旅居蘭巴雷內。
一九四八年　出版《叢林醫院》和《歌德：兩場演說》。
十月至一九四九年十月，大部分時間在歐洲。
一九四九年　六月十一日，獲頒芝加哥大學法學榮譽博士。
七月前往美國科羅拉多州的阿斯彭，出席歌德誕辰兩百週年紀念會。
出版《歌德：三次談話》。
十月至一九五一年六月，第八次旅居蘭巴雷內。
一九五〇年　出版《歌德：四次談話》和《鵜鶘的一生》。
一九五一年　七月返回歐洲。
為哥倫比亞公司灌錄唱片。
九月十六日，榮獲西德出版協會和平獎。
十二月三日，入選法蘭西學院院士。
十二月至一九五二年七月，第九次旅居蘭巴雷內。
一九五二年　七月至十二月，在歐洲舉辦演講和演奏會。

九月榮獲德國醫學協會頒發之帕拉塞色斯獎。

十月在法蘭西學院發表演說。

獲頒瑞典紅十字會最高榮譽「卡爾王子獎章」。

被選為瑞典皇家音樂學院成員，並獲頒馬堡大學榮譽神學博士。

十二月至一九五四年六月，第十次旅居蘭巴雷內。

一九五三年　十月榮獲一九五二年度諾貝爾和平獎。

獲頒開普敦大學的榮譽學位。

一九五四年　六月至十二月，在歐洲。與尼斯伯格合作，出版《巴哈管風琴作品全集》第六冊。

四月投書《倫敦每日先驅報》，發表對氫彈問題的看法。

十一月四日，在奧斯陸接受諾貝爾和平獎，以〈今日世界的和平問題〉為題發表演說。

十二月至一九五五年七月，十一度旅居蘭巴雷內。

一九五五年　一月十四日，在蘭巴雷內慶祝八十歲生日。

七月至十二月，在歐洲。獲頒英國的功績勳章、德國的科學藝術勳章，以及劍橋大學的榮譽法學博士。

十二月至一九五七年六月，十二度旅居蘭巴雷內。

一九五七年　四月二十三日，首度透過廣播公開呼籲禁止核武試爆。

六月一日，海倫娜·史懷哲—布雷斯勞逝世於蘇黎世。

六月二十一日至十二月四日在歐洲停留；訪問瑞典和德國。

一九五八年　十二月至一九五九年八月，十三度旅居蘭巴雷內。
四月二十八、二十九、三十日，透過挪威電台對核子戰爭發表三次公開演說，日後以《和平或原子戰爭》為題出版成書。
獲頒孟斯特大學榮譽醫學博士以及杜賓根榮譽神學博士。
一九五九年　三月二十三日，因「促進歐洲文化」，榮獲哥本哈根的松尼獎。
八月至十二月在歐洲；九月二十九日，前往哥本哈根接受松尼獎。
十一月十八日，在布魯塞爾獲頒約瑟夫．利馬獎。
十二月，第十四次也是最後一次前往蘭巴雷內。
一九六〇年　一月十四日，在蘭巴雷內慶祝八十五歲生日。
一九六三年　出版《談尊重生命》。
一九六五年　一月十四日，在蘭巴雷內慶祝九十歲生日。
九月四日，逝世於蘭巴雷內。
一九六六年　死後出版《尊重生命》（佈道辭）。

中外詞語對照

（依中文比劃排序）

〈早期基督教時代的最後晚餐及洗禮史〉"The History of the Last Supper and Baptism in the Early Christian Period"

〈宗教哲學概述〉（康德）"A Sketch of the Philosophy of Religion"

〈純粹理性規約〉（康德）"Canon of Pure Reason"

《十字路口上的基督教》（泰利爾）*Christianity at the Cross-Roads*

《古代誌》（約瑟弗斯）*Antiquities*

《宇宙之謎》（赫克爾）*The Riddle of the Universe*

《何謂基督教？》（哈納克）*What Is Christianity?*

《判斷力批判》（康德）*Critique of Judgment*

《希臘先知拿撒勒的非超自然史》（芬圖里尼）*A Non-Supernatural History of the Great Prophet of Nazareth*

《形上學》（亞里斯多德）*Metaphysics*

《帕西法爾》（華格納）*Parsifal*

《社會契約論》（盧梭）*Social Contract*

《政治學》（亞理斯多德）*Politics*

《耶穌基督的使徒聖保羅》（鮑爾）*Paulus der Apostel Jesu Christi (Paul the Apostle of Jesus Christ)*

《耶穌基督與同時代之彌賽亞信仰》（柯蘭尼）*Jésus Christ et les croyances messianiques de son temps*

《耶穌傳》（史特勞斯）*Life of Jesus*

《耶穌與門徒的目標》（賴馬瑞斯）*The Aims of Jesus and His Disciples*

《耶穌關於天國的訓示》（魏斯）*The Sermons of Jesus Concerning the Kingdom of God*
《英雄與英雄崇拜》（卡萊爾）*On Heroes and Hero-Worship*
《唐懷瑟》（華格納）*Tannhäuser*
《拿撒勒的耶穌》（沃克馬）*Jesus Nazarenus*
《浮士德》（歌德）*Faust*
《神聖交響樂》（魏道爾）*Sinfonia Sacra*
《純粹理性批判》（康德）*Critique of Pure Reason*
《純粹理性範圍內之宗教》（康德）*Religion Within the Limits of Reason Alone*
《崔斯坦》（華格納）*Tristan*
《教義史》（哈納克）*History of Dogma*
《教義學》（施萊爾馬赫）*Dogmatics*
《連結於保羅主義整體思維之聖保羅末世論》（卡比希）*The Eschatology of St. Paul in Its Connection with the Whole Idea of Paulinism*
《善惡的彼岸》（尼采）*Beyond Good and Evil*
《傳教福音月刊》*Journal des Missions Evangéliques*
《新約聖經註解》（格羅修斯）*Annotationes in Novum Testamentum*
《當代音樂家》（羅蘭）*Musiciens d'aujourd'hui*
《當代哲學之自我肖像》*Contemporary Philosophy in Self-Portraits*
《聖保羅》（雷德）*St. Paul*
《聖保羅之人類學》（呂德曼）*Anthropology of St. Paul*
《聖馬太受難曲》（巴哈）*St. Matthew Passion*
《實踐理性批判》（康德）*Critique of Practical Reason*
《福音書中的彌賽亞奧祕》（雷德）*The Messianic Secret of the Gospels*
《編年史》（塔西圖斯）*Annals*
《霍夫曼故事》（奧芬巴哈）*The Tales of Hoffmann*
《藝術守衛者》*Kunstwart*（*Art Guardian*）
《蘭巴雷內通訊》*Mitteilungen aus Lambaréné*

大巴薩姆港 Grand Bassam
大軍大道 de la Grande Armée
大數 Tarsus
丹第 D'Indy, Vincent
內在於基督 Being-in-Christ
內斯曼 Nessmann, Victor
厄藍區，艾達・馮 Erlach, Ada von
厄藍區，葛蕾達・馮 Erlach, Greda von
厄藍區夫人 Erlach, Greda von
巴哈學會 Bach Society
巴格瑙（聖雷米俘虜營營長）Bagnaud
巴登－巴登 Baden-Baden
巴頓女大公 Grand Duchess Louisa von Baden
巴黎外語學會 Foreign Language Society of Paris
巴黎傳教士協會 Paris Missionary Society
巴錄和以斯拉啟示錄 Apocalypses of Baruch and Ezra
日內瓦平民俘虜管理局 Office des Internés Civils at Geneva
日德蘭半島 Jutland
比內－山格萊 Binet-Sanglé, Charles Hippolyte
比安奎斯 Bianquis, M. Jean
比斯開灣 Bay of Biscay
世界觀 Worldview
丘蒙 Cumont, François
以革那提 Ignatius
以諾書 Book of Enoch
以賽亞 Isaiah
加利利 Galilee
加泰隆尼亞 Catalonia

加彭省 Gaboon
加瑞松 Garaison
包爾 Bauer, Bruno
卡夫坦 Kaftan, Julius
卡比希 Kabisch, Richard
卡瓦葉－科爾 Cavaillé-Coll, Aristide
卡恩 Cahn, Arnold
卡特曼 Kottmann, Mathilde
卡萊爾 Carlyle, Thomas
卡薩里斯 Casalis, Eugene
史比塔 Spitta, Friedrich
史比羅（教授）Spiro
史瓦布 Schwalbe, Gustav
史托茲（醫師）Stolz
史坦普 Stumpf, Carl
史泰克 Steck, Rudolph
史特勞斯 Strauss, David Friedrich
史特羅 Strohl, Jean
史密茲 Schmitz, Anna
史密斯 Smith, William Benjamin
史密德柏格（教授）Schmiedeberg
史塔德（醫生）Stalder
史萬德（市長）Schwander
史懷哲，亞伯特 Albert Schweitzer
史懷哲，查理士 Schweitzer, Charles
史懷哲，路易士 Schweitzer, Louis
史懷哲，瑪西爾德 Schweitzer, Mathilde
史懷哲，蕾娜 Schweitzer, Rhena

尼采 Nietzsche, Friedrich Wilhelm
尼特牧師 Pastor Knittel
尼斯伯格 Niesberger, Edouard
布列斯勞 Breslau
布倫塔諾 Brentano, Franz
布勞恩 Braun, Karl Ferdinand
布萊特可夫與哈特爾（出版社）Breitkopf and Härtel
布雷特 Bret, Gustave
布雷斯勞，海倫娜 Bresslau, Helene
布德 Budde, Karl
弗克斯 Fuchs, Hugo
弗容德 Freund, Wilhelm Alexander
弗格爾（歌手）Vogl, Heinrich
弗萊德雷爾 Pfleiderer, Otto
弗雷澤 Frazer, James George
瓦克爾（管風琴製造師）Walcker
伊爾提斯 Iltis, John
吉伯特 Guibert, Jauré
吉勒 Gillot, Hubert
吉勒斯比 Gillespie, Noel
吉爾－杜勞特曼 Jaëll-Trautmann, Marie
吉爾曼特（管風琴家）Guilmant
因信稱義 justification by faith
多爾肯 Dölken, Eric
安瑞希 Anrich, Gustav
托瑪，艾嘉莎 Thoma, Agatha
托瑪，漢斯 Thoma, Hans
米勒 Millet, Luis

貝勒維爾路 rue de Belleville
里布瑞希（牧師）Liebrich
里希坦柏格 Lichtenberger, Henri
亞伯拉罕 Abraham
亞里斯多德 Aristotle
侃比恩 Campion, C.T.
叔本華 Schopenhauer, Arthur
坦米爾 Tamil
奇恩加 Chienga
孟許，厄納斯特 Münch, Ernest
孟許，尤金 Münch, Eugēne
孟許，弗列茲 Münch, Fritz
孟許，查理士 Münch, Charles
孟斯特山谷 Münster Valley
孟德勒 Mündler, Ernst
孟德爾頌 Mendelssohn, Felix
宗教研究學會 Society for the Study of Religion
屈亞利 Chiari, Hans
帕呼因 Páhouin
帕拉塞色斯獎 Paracelsus Medal
帕莫洛伊－克雷格 Pomeroy-Cragg, Ambrose
彼拉多 Pilate, Pontius
所羅門詩篇 Psalms of Solomon
拉格斐 Lagerfelt, Greta
拉路普號 *Raarup*
拉德加斯特（管風琴製造師）Ladegast
林布雷德（出版社）Lindblad
林格斯漢 Lingolsheim

查拉圖斯特拉 Zarathustra
柏奇特 Burkitt, Francis Crawford
洪堡 Humboldt, Alexander von
洗禮 Baptism
科尼斯菲德 Königsfeld
約斯特 Jost, Ludwig
約瑟弗斯 Josephus
耶格（史懷哲友人）Jäger
范麥南 van Manen, W. C.
迦羅亞 Galoa
迪克 Deecke, Welhelm
迪茲－哈特 Dietz-Härter
迪魯斯頓 De Loosten
韋薩克 Weizsäcker, Karl H. von
修爾巴赫（博士）Schorbach
哥特 Goette, Alexander Wilhelm
埃比克提特斯 Epictetus
埃里克森 Erichson, Alfred
席林格，阿黛爾 Schillinger, Adele
庫爾丘斯，佛烈德利西 Curtius, Friedrich
庫爾丘斯，恩斯特 Curtius, Ernst
恩哥摩 N'Gômô
恩斯特 Ernst, Augustus
拿撒勒 Nazareth
時代精神 Spirit of the age
朗格 Lang, Heinrich
桑戴 Sanday, William
格林 Grimm, Hermann

格羅修斯 Grotius, Hugo
泰利爾 Tyrell, George
泰盧固 Telugu
烏普薩拉大學 University of Uppsala
烏塞納 Usener, Hermann
特瑞茲 Trensz, Frédérick
琉森 Lucerne
神智學 theosophy
索邦大學 Sorbonne University
索姆斯 Solms, Graf
索德布隆 Söderblom, Nathan
索德斯特隆 Söderström, Elias
紐多夫 Neudorf
紐夏泰爾 Neuchâtel
紐曼 Newman, Ernest
納梭（美國傳教士）Nassau
馬丁夫人 Martin, Emmy
馬德倫 Madelung, Otto Wilhelm
高乃爾 Gognel
高第 Gaudí, Antonio
高歇爾（史懷哲的病人）Gaucher
高爾獎學金 Goll scholarship
勒阿弗爾 Le Havre
曼斯菲爾德學院 Mansfield College
基特爾（管風琴師）Kittel
基督教自由派 Liberal Protestantism
基爾特聖會 Guildhouse congregation
寇恩（教授）Cohn

康斯坦茨 Constance
康德 Kant, Immanuel
推羅 Tyre
教牧書信 The Pastoral Epistles
敏德 Minder, Robert
梅內格茲 Ménégoz, Louis Eugène
梅特妮西－桑德公主 Princess Metternich-Sandor
梅爾 Meyer, Arnold
笛卡兒 Descartes, René
第一因 First Cause of Being
莫內札利（木匠）Monenzali
莫利茲 Moritz, Friedrich
雪德琳（小姐）Scherdlin
麥蘭德（醫生）Meyländer
傑羅德牧師 Pastor Gerold
凱姆 Keim, Theodore
凱爾 Kehl
凱撒斯堡 Kaysersberg
勞特堡 Lauterburg, Mark
喀爾文 Calvin
堡爾 Bauer, Hans
提多書 Epistle of Titus
提庇留 Tiberius
提勒 Thiele, Johannes
提摩太書 Epistle of Timothy
斐斯多夫（教授）Pfersdorff
斯多噶主義 Stoicism
斯畢塔 Spitta, Philipp

斯圖加 Stuttgart
普通中學 Gymnasium
游斯丁（羅馬歷史學家）Justin
登山寶訓 Sermon on the Mount
舒姆夫人 Schumm, Charlotte
舒納柏（小姐）Schnabel
華格納，科西瑪 Wagner, Cosima
華格納，理察 Wagner, Richard
華格納，齊格菲 Wagner, Siegfried
萊布尼茲 Leibnitz, Gottfried Wilhelm
萊辛 Lessing, Gotthold Ephraim
萊納赫，芬妮 Reinach, Fanny
萊納赫，提奧多 Reinach, Théodore
萊茲斯坦 Reitzenstein, Richard
菲利比 Philippi, Maria
菲利克斯・邁納爾（出版社）Felix Meiner
菲利普 Philipp, Isidore
菲林 Fehling, Hermann
費克 Ficker, Johannes
費希特 Fichte, Johann Gottlieb
費雪夫人 Fischer, Annie
費斯特 Pfister, Oskar
費雷 Féré, Charles
鈞斯巴哈 Günsbach
雅可布斯達 Jacobsthal, Gustav
馮魯普克 von Lüpke, Gustav
黑格爾 Hegel, Georg Wilhelm Friedrich
黑普丁 Hepding, Hugo

黑爾普夫 Haerpfer, Frédéric
黑德格（醫生）Hediger
塞內加 Seneca
塞克雷坦 Secretan, Marie
塞利·歐克學院 Selly Oak College
塞尚 Cézanne, Paul
塔西圖斯 Tacitus
塔拉斯康 Tarascon
奧古瑪 Ogouma, Emil
奧白安美角 Oberammergau
奧伯豪斯柏根 Oberhausbergen
奧克曼原木 okoume wood
奧克斯 Ochs, Siegfried
奧克維河 Ogowé
奧里略 Aurelius, Marcus
奧勞斯－彼得里基金會 Olaus-Petri Foundation
奧菲歐·卡塔拉（巴塞隆納音樂廳）Orfeó Catalá
奧瑞安 Oriyan
溫契爾斯（飛行員）Wincziers
溫特哈爾特 Winterhalter, Franz Xaver
溫德邦 Windelband, Wilhelm
聖尤斯塔希教堂 St. Eustache's
聖尼古拉教堂 St. Nicholai church
聖母院 Notre Dame
聖多瑪斯參事會 St. Thomas Chaper
聖多瑪斯團契 Diaconate of St. Thomas
聖灰瞻禮日 Shrove Tuesday
聖枝主日 Palm Sunday

聖威廉教堂 St. Wilhelm Church
聖家堂 Church of the Sagrada Familia
聖許畢斯教堂 St. Sulpice Church
聖雷米 St. Rémy de Provence
該撒利亞腓利比 Caesarea Philippi
路德，馬丁 Luther, Martin
道 Logos
達荷美 Dahomey
達爾紀念講座 Dale Memorial Lectures
雷門斯（管風琴師）Lemmens, Nicholas Jagnes
雷南 Renan, Ernest
雷格 Reger, Max
雷曼 Reimann, Heinrich
雷德 Wrede, William
雷德霍斯（教授）Ledderhose
圖拉真 Trajan
實科中學 Realschule
對觀福音 Synoptics
歌德 Goethe, Johann von
漢尼拔 Hanniba
福音傳教聯合會 Allgemeine Evangelische Missionsverein (General Union of Evangelical Mission)
福特 Ford, Edward
精神性 Spirituality
維奇（俘虜營營長）Vecchi
蒙哥馬利 Montgomery, W.
蓋拉德（服務員）Gaillard
豪斯內特 Hausknecht, Emma

赫西 Hesse, Adolph Friedrich
赫克爾 Haeckel, Ernst
赫胥 Hirsch, William
赫倫史密特 Herrenschmidt, Adèle
赫塞，赫曼 Hermann Hesse
齊美爾 Simmel, Georg
齊格勒 Ziegler, Theobald
德雷弗斯案 Dreyfus case
德魯斯 Drews, Arthur
摩特 Mottl, Felix
摩瑞爾 Morel, Léon
歐列斯提號 *Orestes*
歐吉妮皇后 Empress Eugénie
盧貝克 Lübeck
盧修斯 Lucius, Ernst
盧梭 Rousseau, Jean-Jacques
盧爾 Llull, Ramón
諾斯底教徒 Gnostic
諾德林根 Nördlingen
賴馬瑞斯 Reimarus, Hermann Samuel
霍夫麥斯特 Hofmeister, Franz
霍科尼斯堡 Hohkönigsburg
霍茲曼 Holtzmann, Heinrich Julius
霍茨曼 Holtzmann, Oscar
霍普特曼 Hauptmann, Gerhart
霍爾斯坦 Holsten, Karl
霍赫費登 Hochfelden
鮑爾 Baur, Ferdinand Christian

鮑爾生 Paulsen, Friedrich
彌賽亞國度 Messianic Kingdom
繆爾巴哈 Mühlbach
繆爾豪森 Mülhausen
薛摩爾（出版商）Schirmer, G.
邁爾 Meyer, Erich
薩巴蒂埃 Sabatier, Louis Auguste
魏曼博士 Dr. Wehmann
魏斯 Weiss, Johannes
魏道爾 Widor, Charles-Marie
羅伊斯 Reuss, Edouard
羅伯森 Robertson, John M.
羅素夫人 Russell, C. E. B.
羅曼 Loman, Abraham Dirk
羅培茲角 Cape Lopez
羅森菲爾德（教授）Rosenfeld
羅瑟，奧圖 Lohse, Otto
羅德 Rhode, Erwin
羅蘭，羅曼 Rolland, Romain
蘇格拉底 Socrates
蘇德曼 Sudermann, Hermann
蘭巴雷內 Lambaréné

史懷哲作品一覽表

（按出版年份排序）

1898 《尤金・孟許：一八五七——八九八年》
Eugene Münch: 1857-1898

1899 《康德的宗教哲學》*The Religious Philosophy of Kant*

1901 《天國的奧祕》*The Mystery of the Kingdom of God*

1905 《巴哈》*J. S. Bach le musician-poète (On Bach)*

1906 《德法兩國製造與演奏管風琴之藝術》*The Art of Organ-Building and Organ-Playing in German and France*

1906 《歷史耶穌之探索》*The Quest of the Historical Jesus*

1911 《保羅及其詮釋者》*Paul and His Interpreters*

1912-54《巴哈管風琴作品全集》*Bach's Complete Organ Works*

1913 《對耶穌的精神醫學研究》*Psychiatric Study of Jesus*

1914 《救世主與受難之奧祕》*The Secret of Jesus' Messiahship and Passion*

1921 《原始森林的邊緣》*Zwischen Wasser und Urwald (On the Edge of the Primeval Forest)*

1923 《文明的哲學》*The Philosophy of Civilization* 卷一：文明的衰敗與重建 *The Decay and Restoration of Civilization* 卷二：文明與倫理 *Civilization and Ethics*《基督教和世界宗教》*Christianity and the Religions of the World*

1924 《童年和青年時期回憶錄》*Aus meiner Kindheit und Jugendzeit* (*Memoirs of Childhood and Youth*)

1925-26《原始森林再記》*More from the Primeval Forest*

1929 《自述》 *Selbstdarstellung*

1930 《使徒保羅的神祕主義》*The Mysticism of Paul the Apostle*

1931 《生命的思索》*Out of My Life and Thought*

1934 《印度思想及其發展》*Indian Thought and Its Development*

1936 《非洲狩獵故事》*African Hunting Stories*

1938 《非洲手記》*My African Notebook*

1948 《歌德：兩場演說》*Goethe: Two Addresses*

《叢林醫院》 *The Jungle Hospital*

1949 《歌德：三次談話》*Goethe: Drei Reden*

1950 《歌德：四次談話》*Goethe: Vier Reden*

《鵜鶘的一生》 *A Pelican Tells About His Life*

1958 《和平或原子戰爭》*Peace or Atomic War*

1963 《談尊重生命》*Die Lehre der Ehrfurcht vor dem Leben*

1966 《尊重生命》*Reverence for Life*

Albert Schweitzer: Aus meinem Leben und Denken

Published by arrangement with Felix Meiner Verlag, GmbH Hamburg
through The Grayhawk Agency, Taiwan

人文經典001

生命的思索——史懷哲自傳

Albert Schweitzer: Aus meinem Leben und Denken

作　　者　史懷哲（Albert Schweitzer）
譯　　者　傅士哲
製作小組　左岸文化
特約主編　劉佳奇
封面設計　王政弘
內頁排版　宸遠彩藝

發 行 人　吳清友
社　　長　吳旻潔
出　　版　誠品股份有限公司
　　　　　110台北市信義區松德路196號B1
電　　話　02-8789-8880
傳　　真　02-2758-5780
印　　刷　成陽印刷股份有限公司
初　　版　2012年3月

定　　價　350元

I S B N　978-986-84573-4-8

作者簡介

阿爾伯特・史懷哲(1875-1965)

出生於德屬亞爾薩斯的牧師家庭，自小便熟悉德法兩種語言。受到外祖父影響而熱愛音樂，23 歲修畢哲學與神學學位，24 歲成為牧師。因為有感於非洲民間疾苦而致力學醫，36 歲取得醫師資格，38 歲前往非洲行醫，在非洲服務 52 年，終其一生。1952 年因其對非洲的貢獻而獲頒諾貝爾和平獎。

譯者簡介

傅士哲

美國密西根州立大學政治學碩士，威斯康辛大學麥迪遜校區哲學博士候選人；現任職於高雄義守大學通識中心。譯作包括《哈佛新鮮人：我在法學院的故事》(先覺，2002)、《如何訂做一個好老師》(大塊，2005)、《交會與軌跡：當代哲學名家訪談錄》(時報，2007)等書。

國家圖書館出版品預行編目資料

生命的思索——史懷哲自傳

史懷哲（Albert Schweitzer）著；傅士哲譯.
-- 初版. -- 臺北市：誠品, 2012.03
面； 公分. --（人文經典；1）
譯自：Aus Meinem Leben und Denken
ISBN 978-986-84573-4-8（精裝）

1. 史懷哲 (Schweitzer, Albert, 1875-1965) 2. 傳教史 3. 醫師 4. 音樂家 5. 傳記 6. 德國 7. 法國

784.38 98005502